BROADWAY

Collection dirigée par Thierry Laroche

FABRICE
CARO

BROADWAY

ROMAN

SYGNE GALLIMARD

Le 20 juillet 1988, quand était arrivée la lettre de Sandrine Cazes alors en vacances à Juan-les-Pins et que j'avais rencontrée une semaine auparavant dans un bal de village, je l'avais saisie d'une main tremblante (en réalité, elle était d'abord passée par les mains de ma mère, c'est elle qui allait au courrier, *C'est pour toi*, avait-elle déclaré d'un ton solennel, suscitant chez moi un sentiment mêlé de honte et d'excitation), je m'étais réfugié dans ma chambre pour l'ouvrir en toute tranquillité et j'avais découvert une carte postale d'une vue de Juan-les-Pins accompagnée d'une longue lettre d'une écriture tout en rondeur, à l'encre bleue sur du papier parfumé. Sandrine Cazes évoquait notre rencontre, parlait de ses vacances, de son petit frère insupportable, puis soudainement, au milieu d'une phrase sur la température de l'eau, entre parenthèses, surgissait un (*pile là à la radio, «… fermer les volets et ne plus changer l'eau des fleurs... », qui me fait douloureusement penser à toi*). Au bas de la lettre, une trace de baiser au rouge à lèvres barrait en diagonale les trois dernières lignes, et cette bouche m'avait littéralement fait fondre. Ce devait être la toute première lettre m'étant adressée personnellement et j'avais cru alors que le courrier serait toujours synonyme de cœur qui bat, de ventre qui vibre, de fragments d'extases et de ciels sans fin.

Trente ans plus tard, ellipse, je tiens dans ma main une enveloppe plastifiée bleue au bas de laquelle est inscrit : Programme national de dépistage du cancer colorectal.

Que s'est-il passé entre ces deux instants ? À quel moment le bleu du ciel de la carte postale de Juan-les-Pins s'est-il délavé pour atteindre ce bleu grisâtre ? Les Inuits possèdent un nombre incroyable de mots pour désigner la neige, dont chacun exprime une nuance bien précise (ils ont aussi le même mot pour désigner berceau et tombeau, dans le genre ellipse temporelle), dans notre culture ce sont les nuances de bleus qui sont incroyablement riches, avec un spectre qui s'étend du bleu Juan-les-Pins au bleu colorectal (*Je cherche une écharpe dans les tons bleu colorectal, vous auriez ça ?*). Je regarde cette enveloppe, sans même une trace de baiser rouge à lèvres pour en atténuer la violence, et je me dis que tout courrier administratif devrait avoir la douceur d'une lettre de

Sandrine Cazes. *Nous vous invitons à régulariser dans les meilleurs délais votre situation, à défaut (pile là à la radio, «… j'aimerais quand même te dire, tout ce que j'ai pu écrire, je l'ai puisé à l'encre de tes yeux…», qui nous fait douloureusement penser à vous) nous poursuivrons la procédure visant à obtenir le paiement* – barré d'un baiser rouge à lèvres.

Elle est arrivée ce matin, comme elle arrive un matin dans des milliers de foyers, au milieu de factures, de magazines et de promotions de grandes surfaces, parmi d'autres enveloppes, humble et effacée, une formalité administrative, rien que de bien normal, toute personne ayant cinquante ans révolus la reçoit automatiquement.

À ceci près que j'ai quarante-six ans.

Au-dessus de sa tête, au mur, se trouvent une reproduction d'un tableau de Paul Klee et une photo de chalet de Haute-Savoie et je trouve la juxtaposition de ces deux tableaux pour le moins hasardeuse, un peu comme une table de restaurant où se côtoieraient un pavé de veau sauce cardamome et du céleri-rave dans une assiette en carton. Le proviseur me tend une feuille, une feuille de cahier un peu froissée, accompagnant son geste d'un sec et lapidaire *Voilà le chef-d'œuvre de votre fils*. Je prends la feuille, fébrile, et découvre l'œuvre en question : un dessin assez laid, fait au bic noir, de deux silhouettes informes qui semblent s'accoupler, celle de devant à quatre pattes, l'autre à genoux derrière, du moins de ce que je peux en discerner, et des bulles sortent de leurs têtes, le personnage à genoux dit *Aaaah Guiraud tu es bonne !* Et l'autre, celle à quatre pattes, lui répond *Oh oui Charlier mets-la-moi !* Le proviseur croit bon de préciser *Pour le cas où vous l'ignoreriez, mademoiselle Guiraud et monsieur Charlier sont respectivement ses professeurs d'anglais et de SVT* – évidemment je l'ignorais. Je suis tétanisé. Je tiens la feuille dans ma main, figé, le regard fixé sur le dessin, je sens le proviseur face à moi, de toute évidence il attend que je fasse un commentaire, que j'émette un avis, que j'aie une réaction que je suppose indignée, mais je ne peux rien faire d'autre que de rester les yeux rivés sur la feuille, mutique, comme si c'était moi qui venais de dessiner cette horreur. À cet instant précis, je suis soulagé qu'Anna n'ait pas pu venir avec moi au rendez-vous, prise par son travail, je crois que sa présence aurait décuplé mon malaise. Je donnerais n'importe quoi pour éviter de croiser le regard du proviseur, et ce temps me semble incroyablement long, et plus le temps passe moins il me semble envisageable de lever la tête, peut-être espéré-je jouer la montre, peut-être ai-je espoir que la sonnerie de fin de journée retentisse, qu'il se lève sans bruit, prenne son cartable en cuir et rentre tranquillement chez lui.

Point positif dans ce dessin : il n'y a aucune faute d'orthographe, je pourrais en faire la remarque au proviseur, mais je doute que ce soit ce qu'il attend de moi. Il m'apparaît même, de manière un peu paradoxale, que l'orthographe impeccable renforce la vulgarité du propos. Des textes truffés de fautes auraient constitué une sorte de redondance dans la médiocrité, la vulgarité du texte et celle du dessin se seraient annulées, alors que l'absence de faute imprime au dessin un aspect *pertinent*, il lui donne une sorte de crédibilité, sans faute d'orthographe l'artiste nous apparaît soudain légitime et l'on se prend à croire que Guiraud est réellement bonne et que Charlier la lui met vraiment, et ça fait froid dans le dos.

Mets-la-moi. Comment en est-on arrivé là ? Je ne peux pas croire que c'est mon Tristan à moi qui ait commis une horreur pareille. Le même Tristan qui, tous les ans à Noël, criait de joie en découvrant sa boîte Playmobil, moi assis par terre en tailleur dans sa chambre tentant laborieusement d'assembler les pièces et lui, sautant tout autour des morceaux éparpillés sur le sol, entamant ses scénarios alors même que je n'en étais qu'aux fondations, des scénarios faits de pirates, de trésors enfouis et d'îles mystérieuses, quand tout à coup : *mets-la-moi*. Comment est-on passé des pirates à *mets-la-moi* ? Par quel mystérieux processus hormonal, subitement, passe-t-on de l'envie de carte aux trésors à celle de dessiner deux masses informes en train de copuler ? Playmobil, en avant les histoires.

Le proviseur guette toujours ma réaction, et au terme d'un temps qui me semble infini je finis par lever les yeux vers lui et déclare : *Je suis profondément choqué*. Je suis profondément choqué. C'est tout ce que je trouve à dire. Je m'entends prononcer ces mots et jamais je n'ai entendu une phrase sonner si faux, c'est non seulement surjoué mais j'ai complètement loupé mon intonation, avec une intonation pareille j'aurais pu dire tout autre chose, *Mmmh un délice ce poulet élevé en liberté* ou bien *Vous connaissez les quais du Douro à Porto ?* On dirait un acteur de sitcom AB Productions, intérieur jour, cafète du lycée, *Eh Cricri tu as su que Tristan avait dessiné deux professeurs en train de hum hum ? – Je suis profondément choqué.* Rires enregistrés.

Il m'annonce dans la foulée que mademoiselle Guiraud aimerait prendre rendez-vous avec nous, les parents. Il ne mentionne pas l'autre professeur, Charlier, visiblement lui n'en voit pas la nécessité, peut-être s'est-il contenté de sermonner vertement Tristan, ou peut-être le dessin lui a-t-il plu, peut-être Tristan a-t-il concrétisé à travers son œuvre un de ses fantasmes et peut-être lui en est-il secrètement reconnaissant. Nous nous levons, je lui rends le dessin, il me dit *Oh vous pouvez le garder*, et je lâche un *Oh merci* complètement déplacé comme s'il m'offrait un cadeau inestimable.

Comme par une prémonition très troublante, je suis tombé par hasard il y a quelques jours sur un documentaire retraçant les grandes étapes de la guerre du Vietnam. Et il y a ce passage où un vétéran raconte : Je m'en souviens très bien, c'était une matinée douce, ma mère était allée chercher le courrier, il s'y trouvait cette enveloppe verte, nous avons tout de suite su ce que c'était sans même l'ouvrir, la fameuse lettre d'incorporation. Nous l'avons posée sur la table, nous étions assis tout autour, mon père, ma mère, ma sœur et moi, silencieux, sans pouvoir la quitter du regard, nous savions ce que cette enveloppe signifiait, cette enveloppe c'était la fin d'une époque, c'était la fin de l'innocence, la fin de l'âge d'or, avec cette lettre c'est un monde qui disparaissait, une parenthèse enchantée qui se refermait et nous savions pertinemment qu'à partir du moment où nous allions l'ouvrir, plus rien ne serait jamais comme avant, elle créerait un appel d'air d'une force inouïe, elle nous aspirerait tous les quatre, happés en une fraction de seconde comme le sont Betty et Rita dans la boîte bleue de *Mulholland Drive* qui les fait passer brutalement du rêve à la réalité. Nous étions assis en silence autour d'un immense trou noir prêt à engloutir tout ce que nous avions construit.

Bon, il est possible que j'extrapole quelque peu sur le monologue du vétéran, mais dans les grandes lignes c'était ça. Voilà exactement ce que j'ai ressenti en découvrant l'enveloppe.

Par une pulsion que j'ai du mal à interpréter, mon premier réflexe a été de la cacher sous une pile de papiers dans mon bureau (aussitôt rejointe par le dessin de Tristan, constituant peu à peu une sorte de musée de l'inavouable), plus exactement : la cacher à Anna. Alors que nous avons toujours tout partagé, que nous avons traversé la vie dans ses moindres recoins obscurs, ses moments les moins glorieux, pourquoi lui cacher une enveloppe de dépistage du cancer colorectal ? Pourquoi ne pas lui dire de la manière la plus naturelle du monde *Tiens regarde ce que j'ai reçu* ? Je n'arrive pas à savoir si c'est pour l'épargner (lui épargner quoi au juste ?) ou m'épargner moi, m'épargner son regard mi-inquiet, mi-attendri. Même si je n'ai pas cinquante ans et que cette enveloppe a de fortes chances d'être une erreur, elle nous dit : le temps passe, elle nous dit : une étape de plus, et on a du mal, comme on a du mal à porter pour la première fois ses lunettes de vue, comme on a du mal à prendre rendez-vous chez l'ostéopathe pour une sciatique persistante, comme j'aurais caché à ma mère la lettre de Sandrine Cazes si elle ne l'avait pas découverte avant moi, comme on cache tout ce qui marque une évolution, un basculement, un changement de la perception que les proches peuvent avoir de nous.

Un jour ma mère, en faisant le ménage dans ma chambre, avait trouvé un livre que j'avais caché sous mon lit, *Le Tao de l'art d'aimer*, livre que m'avait prêté mon amoureuse de l'époque, Lucille, qu'elle avait subtilisé dans la bibliothèque de ses parents et qui traitait des rapports amoureux sous l'angle bouddhiste. À l'époque j'avais interprété ce geste comme une envie de partage s'inscrivant dans un jeu vaguement érotique, en y repensant aujourd'hui je le trouve d'une indélicatesse folle, une façon détournée de me dire *Écoute, comme tu t'y prends assez mal, je me suis dit que ça pourrait t'aider, je ne sais plus quoi faire d'autre*, de la même manière qu'on offre un chewing-gum à quelqu'un dont l'haleine nous insupporte. Si *L'orgasme de sa partenaire pour les nuls* avait existé, nul doute qu'elle me l'aurait prêté avec cette même fausse innocence, ce pragmatisme grimé en générosité. Et je n'ai aucun souvenir de ce livre si ce n'est que tout y était feutré et traduit en termes très poétiques, il y était question de bambous, de forêts, même quand il s'agissait des sujets les plus crus, car vois-tu Tristan, tout est affaire de mots, si tu avais utilisé un autre champ sémantique (*Aaaah Guiraud quel tantra lumineux ! — Oh oui Charlier je sens que j'atteins le prajñaparamita !*) peut-être m'aurais-tu épargné une convocation gênante chez le proviseur. Je cache l'enveloppe à Anna comme je cachais *Le Tao de l'art d'aimer* à ma mère, et je préfère ne tirer aucune conclusion de ce parallèle. À ma mère qui brandissait le livre qu'elle venait de découvrir, je n'avais trouvé à objecter qu'un regard surpris et outré, comme si j'en découvrais l'existence, ainsi des malfrats malintentionnés venaient la nuit chez les gens pour glisser pendant leur sommeil des livres érotiques chinois sous leur lit ? Quelle époque vit-on.

Anna m'annonce que nous allons dîner chez Denis et Béatrice vendredi, et je dois paraître surpris car elle ajoute qu'elle me l'avait dit mais je n'écoutais pas, et cette phrase revient de manière récurrente, je te l'ai dit mais tu n'écoutais pas, cette formule est imparable, contre ça on ne peut rien, un vrai bunker, et je n'ai plus qu'à accepter, résigné et impuissant, la perspective d'un repas chez Denis et Béatrice. Béatrice et Anna étaient collègues de travail avant d'être amies, Denis est donc devenu mon ami par procuration, une sorte de bel-ami, et de la même manière qu'on ne choisit pas sa famille, on ne choisit pas ses beaux-amis, ils nous sont imposés par l'amitié de nos conjoints respectifs, et si j'avais dû choisir moi-même mon ami, mon choix ne se serait pas forcément porté sur Denis qui, même s'il est tout à fait chaleureux et sympathique, n'est pas quelqu'un avec qui j'ai grand-chose en commun. Et ça n'est pas tant le dîner en soi qui me dérange que ce qui s'y trame depuis quelque temps : Denis aimerait que nous partions en vacances ensemble, c'est sa dernière marotte, son projet, il ne semble pas vouloir en démordre, c'est devenu le grand sujet de nos repas et, chaque fois que je vois poindre ce chapitre, je suis pris d'un malaise. Pourquoi ce besoin de partir en vacances ensemble ? Dans quel but ? Qu'avons-nous à y gagner ? Comme s'il s'agissait de valider un nouveau palier dans notre relation, passer un cap dans l'amitié, comme on obtient une nouvelle ceinture au judo : après ces vacances ensemble, nous serons ceinture marron d'amitié. Depuis quelques repas, le projet se précise : Denis voudrait que nous allions faire du paddle à Biarritz. Du paddle à Biarritz. Si je devais établir une liste de mes vacances idéales, le paddle à Biarritz avec un couple d'amis n'apparaîtrait pas sur la feuille, ni au dos, ni dans le cahier tout entier. Le soir où il avait lancé cette idée, tout le monde était emballé, c'était l'idée du siècle, du paddle à Biarritz, youhou, champagne. Moi-même j'arborais un sourire franc pour ne pas détonner dans l'effervescence ambiante, un sourire de photo de mariage, sans même savoir ce que signifiait le mot paddle, quoique pressentant qu'il avait de bonnes raisons de ne pas faire partie de mon vocabulaire. En rentrant, j'avais tapé *paddle* sur Google images, et mes appréhensions s'étaient vues confirmées : on me proposait d'aller ramer debout sur une planche en caleçon de bain avec des gens, et je me suis aussitôt vu, le dos courbé sur un paddle qui n'avançait pas, voire reculait, transpirant et rougeaud, le visage grimaçant de douleur et d'effort, tentant de rattraper à vingt mètres devant moi Denis et ses pectoraux fermes et tendus sous le vent océanique. Le soir, à la nuit tombée, autour d'une assiette de bulots dans un restaurant pour touristes, on commenterait avec une fausse bienveillance mes exploits sportifs, peut-être ne serais-je même pas autour de la table pour les commenter avec eux, peut-être serais-je encore sur mon paddle, immobile, voire reculant encore, au milieu de l'océan, ma silhouette découpée sous la lumière blanche de la lune. *Mais au fait, où est Axel ? Anna, écoute, on ne savait pas comment te l'annoncer mais… voilà, il est retourné vivre parmi les dauphins… Ne pleure pas, c'était son destin, la mer c'était toute sa vie, son élément, tu dois l'accepter.* Générique de fin, musique synthétique, un film de Luc Besson.

Ces derniers temps, chaque fois que nous nous voyons, le paddle à Biarritz revient sur le tapis, et peu à peu le projet s'affine, des noms de restaurants à ne pas manquer se dessinent, des itinéraires de randos *sympas* font leur apparition, des petits villages typiques près de Biarritz poussent comme des champignons au milieu de la conversation, et tout commence à prendre une dimension concrète, irréversible, effrayante, on en est à se poser des questions de calendrier, et j'aperçois peu à peu le bord de la falaise se découper, plongeant sur l'océan. Je sens bien qu'au prochain repas il va falloir se décider précisément sur la date, on ne va pas y échapper, et je ne pourrai plus me contenter de mon sourire figé de mariage et de mes *Génial, du paddle*. Je ne vais pas pouvoir rester éternellement enjoué, nous sommes dans le dur, je vais devoir agir, enrayer la machine maléfique. *Du 12 au 19 ? Vous n'êtes disponibles que du 12 au 19 ?* Là mon expression s'assombrit, ma voix déraille, c'est la période des bilans semestriels, impossible pour moi de prendre des jours, et maudire soudainement Verdier et ses bilans, en vouloir au destin, à la terre entière, au cosmos, à l'espace Schengen, au Grand Capital, pourquoi ces fichues dates ne coïncident-elles pas ? Pourquoi, mon Dieu, pourquoi faut-il toujours que la vie nous empêche d'aller faire du paddle à Biarritz ?! Balayer la table d'un geste ample, faisant valser les assiettes à l'autre bout de la pièce et plonger mon visage dans mes bras croisés en éclatant en sanglots.

Béatrice et Denis se sont rencontrés dans les rayons d'un hypermarché, ils avaient échangé leurs caddies par mégarde, au moment d'arriver à la caisse, panique, ça n'est pas le bon caddie, c'est horrible, il faut faire quelque chose, leurs regards se mettent alors à scruter tout autour comme des bêtes traquées, chacun essayant de repérer son caddie, l'angoisse monte et se transmet comme une onde aux autres consommateurs, la tension est palpable, dans un élan de solidarité une chaîne humaine se met progressivement en place, tout le monde se met à guetter, on va le retrouver votre caddie, on vous promet qu'on va le retrouver. Ils finissent enfin par s'apercevoir, se dirigent l'un vers l'autre, de larges sourires sur leurs visages, tout est bien qui finit bien, il était moins une (moins une de quoi, on ne sait pas trop, peut-être la caissière avait-elle posé un ultimatum). Quand ils se rejoignent, c'est à peine s'ils ne se sautent pas dans les bras de soulagement et là, très vite, reconstitution frénétique des faits, anecdotes, complicité, émotion, éclats de rire, ah ah ah nous avons échangé nos caddies, la vie est si merveilleuse, ayons une liaison. Allons faire du paddle à Biarritz avec des amis.

Le dépistage organisé du cancer colorectal consiste en la réalisation d'un test immunologique rapide et indolore, à faire chez soi. Si le résultat de ce test est positif (4,5 % des cas), une coloscopie vous sera alors prescrite. Ces informations destinées à vous aider ne remplacent pas la consultation médicale. En effet, chaque situation est unique et seul votre médecin peut déterminer précisément les modalités de dépistage ou de suivi adaptées à votre cas. Entre 50 et 74 ans, vous êtes invité par courrier, tous les deux ans, à consulter votre médecin traitant afin qu'il vous remette un test de dépistage. Ce courrier vous est envoyé par la structure en charge des dépistages dans votre département. Voilà ce que me dit le site, c'est bien ça, entre cinquante et soixante-quatorze ans. Alors pourquoi quarante-six ? – et pourquoi soixante-quatorze d'ailleurs ? À soixante-quinze, est-ce que l'on vous répond *Ah, désolé monsieur, c'est trop tard, vous êtes condamné, il fallait vous réveiller avant, vous n'allez jamais prendre votre courrier?* Cette enveloppe me dit : Certes tu n'as que quarante-six ans, mais on va pas chipoter, c'est kif-kif tu sais, le temps de dire ouf, même pas le temps de te retourner et tu seras à cinquante, elle dit : Es-tu bien sûr d'avoir accompli ce que tu voulais accomplir ? Et de manière assez curieuse, cette convocation, par une association d'idées assez trouble, me fait subitement penser à ma prostate alors que, physiologiquement, ça n'a rien à voir. Je ne m'étais jamais particulièrement inquiété de ma prostate, comme je ne me suis jamais particulièrement inquiété de mes reins, mon pancréas, ma glotte, mes poumons, pourquoi subitement cette enveloppe me fait-elle penser à ça ? Aucune idée. Reste que je suis soudain obsédé par cette question : Au fait où en est ma prostate ? Comme on se poserait soudain des questions à propos d'un vieil ami perdu de vue depuis des années et dont on aimerait bien avoir des nouvelles. Le temps passe si vite, un jour il sera trop tard, où en es-tu, prostate ? Parle-moi de toi, tu es en forme ? As-tu réussi dans la vie ? Allez, tous avec moi, on s'était dit rendez-vous dans dix ans, même jour même heure mêmes pommes. Ces derniers temps, je me réveille toutes les nuits à 3 h 15 du matin pour aller uriner, et je suis chaque fois bluffé par la constance de cet horaire, toutes les nuits, invariablement, 3 h 15 pile, comme si ma prostate était pourvue d'une horloge interne, comme si j'étais affublé d'une sorte de super-pouvoir, mais un super-pouvoir qui ne servirait pas à grand-chose, on imagine assez mal les studios Marvel en faire une adaptation. La journée, il est Axel, un employé discret et sans histoires, mais dès qu'arrive la nuit, il devient... Urinor ! Le super-héros qui se lève pour faire pipi à 3 h 15 pile, le monde du crime n'en sortira pas indemne. Cette enveloppe précipite tout, comme un accélérateur de particules, subitement tout se mêle dans un même élan de désagrégation des chairs et des cellules, et j'entends Jade renifler bruyamment sur le canapé, un kleenex collé contre son visage, les yeux rouges et humides. Elle est en plein chagrin d'amour, son petit copain l'a quittée il y a trois jours et elle triture son portable comme s'il détenait une solution cachée qui pourrait surgir à tout moment. Je m'approche d'elle et ne trouve rien d'autre à dire que : *C'est un con, ne lui écris pas et il te reviendra, tu verras*, et je réalise à quel point mes deux propositions sont complètement contradictoires, un peu comme un concessionnaire qui pour vendre une voiture dirait au client *C'est une merde, je vous la conseille*. À ma fille je prodigue des conseils de Schrödinger. Et tout en lui disant ça, je repense à l'ouverture d'*Annie Hall* de Woody Allen, les deux vieilles Juives qui commentent ce qu'elles sont en train de manger dans un salon de thé, l'une dit *C'est infect* et l'autre répond

Oui et en plus les parts sont minuscules. Mais ma fille n'est plus à une contradiction près et me répond de petits oui saccadés comme si tout était bon à prendre, comme si chaque mot était un remède miracle potentiel, et je ne sais pas à quelle proposition elle dit oui, à *c'est un con* ou à *il te reviendra*, mais elle est prête à tout pour que le con revienne.

Peut-être devrais-je lui dire : tu sais, tu l'admires aujourd'hui, mais un jour il changera, il va prendre du poids, sensiblement, des contours de graisse vont faire leur apparition tout autour de son ventre, son front va commencer à se dégarnir, il essaiera d'enrayer ça avec du Minoxydil 5 % mais ce sera peine perdue, tu vas voir apparaître des CD des années 90 (voire 80) dans sa boîte à gants, il te dira que c'est du second degré mais ça n'en sera pas, ce sera juste du mauvais goût, le soir sur le canapé il lira des magazines automobiles et des journaux de sport, de temps à autre il fera un commentaire à haute voix sur un transfert de joueur et tu te demanderas s'il n'a pas autre chose à te dire que ça, tu feras une couleur et il ne remarquera pas que tu as fait une couleur, vos disputes se feront de plus en plus fréquentes, avec de moins en moins d'enjeu, et un jour il ira au courrier et y trouvera une enveloppe bleue, mais pas bleu Juan-les-Pins, non, bleu colorectal, voilà ce que tu pleurniches ma Jade : quelqu'un qui un jour va recevoir l'enveloppe bleue. Mais je ne le lui dis pas. Tout comme je ne lui dis pas ce que tout parent dirait à ma place, qu'elle n'a que dix-huit ans, que le chemin est long et truffé de cons, d'essais ratés, d'espoirs déçus, qu'elle a le temps de tomber sur le bon, que tout est expérience, et ce genre d'images à base de brouillons chiffonnés sur le bord du chemin, de remise de cœur à l'ouvrage et de tomber sept fois se relever huit, mais dire à quelqu'un en plein chagrin d'amour qu'il en trouvera un autre est probablement la dernière chose qu'il a envie d'entendre.

Quand elle était petite, au moindre chagrin, pour la consoler, je lui chantais *Mon p'tit loup* de Pierre Perret et, au lieu de l'apaiser comme on était en droit de l'attendre de cette chanson, c'est quand même le minimum syndical, au lieu de l'apaiser cette chanson la faisait pleurer encore plus, d'autant que, pour ne rien arranger, j'avais moi aussi les larmes aux yeux et la voix tremblante en la chantant tant je la trouvais d'une tristesse infinie, et je me demande aujourd'hui si mon but à ce moment-là était réellement de la consoler ou de partager du chagrin comme on partage une part de gâteau dans une sorte d'osmose sadique, et nous sombrions collés l'un à l'autre dans un océan de larmes. Là elle écoute en boucle une chanson de Lana Del Rey, *Salvatore*, et cette chanson sans même que j'en saisisse les paroles est de la même tristesse infinie, sa ritournelle d'une insondable mélancolie, et les yeux de ma fille se teintent d'une douleur tragique, ses sourcils ployant sous le faix de toute la misère du monde, elle va chercher la souffrance comme on descend à la mine, creuser dans ses entrailles pour en remonter tout ce qui pourrait l'alimenter, même si à dix-huit ans le minerai est encore pauvre, mais qu'importe, tout est bon à prendre, elle se regarde pleurer pour pleurer plus encore, véritable fontaine en circuit fermé, ma grand-mère me disait souvent *Pleure, tu pisseras moins*, et je me demande si l'inverse marche aussi, *Pisse, tu pleureras moins.*

À un moment dans la chanson, Lana Del Rey dit *Ciao amore*, et ces deux mots me renvoient à la chanson de Dalida, cette même chanson qui avait accompagné un des chagrins d'amour de mes vingt ans (je suis dans une cabine téléphonique devant la Cité universitaire, ça grésille, Hélène est en train de m'annoncer qu'elle me quitte mais je n'entends qu'un mot sur trois et ne comprends pas ce qu'elle est en train de m'annoncer, dans le doute je ris à intervalles réguliers et lui dis tendrement *Haaalala mon Hélène, tu me fais fondre* comme je le fais souvent quand on s'appelle), et je trouve ce *Ciao amore* qui resurgit subitement très troublant, nous voilà liés ma fille et moi à vingt-huit ans d'intervalle par ces deux mots, *Ciao amore*, comme si, à l'instar d'un grain de beauté ou d'une malformation artérielle, une phrase triste pouvait se révéler atavique, se transmettant de génération en génération, traversant les âges pour venir transpercer les cœurs de même sang – et la véritable question à se poser serait : mais qui donc à vingt ans écoute Dalida en plein chagrin d'amour ?

Je voulais l'appeler Soledad, mais Anna avait fait un rejet immédiat, *Solitude ?? Tu veux en faire une dépressive ?!* Quatre ans plus tard, c'est elle qui proposera Tristan sans que ça la dérange outre mesure, comme si ce prénom, lui, respirait l'allégresse et l'envie de croquer la vie à pleines dents. Quand je lui en avais fait la remarque (*Ah oui tiens, Tristan, c'est bien, sinon il y avait aussi Mélancoliste, Déprimic, Suicidain*) elle m'avait répondu : *Peuh rien à voir, Tristan et Iseult ça te parle ?* Si ça me parle ? Et comment, un sommet de gaieté, qu'est-ce que j'ai pu rire avec cette histoire. Je n'avais toutefois pour ma part à lui opposer qu'un improbable Volodian, dont j'étais bien incapable de savoir d'où il me venait, si ce n'est qu'il transpirait à mes yeux le romantisme fou, les steppes et la vodka, ce qui était, j'en convenais, un argument un peu court pour le choix du prénom de notre fils. Anna avait asséné *On dirait un nom de médicament générique*, ce qui avait aussitôt mis fin à mes ardeurs.

Quand j'étais au collège, il y avait une fille qui s'appelait Fleur, elle était très populaire, elle avait un charme fou, une personnalité à part (elle avait toujours un bandana noué autour de la tête à la manière d'un turban et dont la couleur variait d'un jour à l'autre, elle me faisait penser à ce baromètre en forme de cerf au mur chez ma grand-mère qui changeait de couleur en fonction de la pression atmosphérique), mais à bien y regarder, elle n'était pas particulièrement jolie. Et je me disais souvent que son prénom n'était pas étranger à cette personnalité, qu'il l'avait conditionnée, d'une certaine manière. Est-ce qu'elle avait mis un point d'honneur à devenir jolie parce qu'elle se devait d'être à la hauteur de son prénom ou bien est-ce le prénom qui lui avait conféré une aura particulière, qui lui avait donné confiance en elle ? Je n'ai jamais résolu ce mystère, qu'est-ce qui précédait de l'existence ou de l'essence ? Et si j'avais su que je retrouverais Jade dix-huit ans plus tard avachie dans le salon en train de renifler dans son kleenex, j'aurais insisté pour Soledad, perdu pour perdu, déprimée pour déprimée.

Pour la consoler, je lui prépare une tarte à l'oignon, son plat favori, et rien n'indique que la tarte à l'oignon sera plus efficace que *Mon p'tit loup*, et, comme *Mon p'tit loup*, la tarte me fera pleurer aussi au moment de couper les oignons et j'ai l'impression qu'on n'avance pas beaucoup.

Alors que je suis assis dans le couloir, attendant que la professeure de Tristan me reçoive, je réalise que j'ai complètement oublié son nom, j'aurais pu prendre le dessin avec moi pour le consulter avant le rendez-vous, comme une révision de dernière minute, pour savoir de quoi il est question, mais je doute que se présenter en exhibant le dessin aurait été d'une grande délicatesse. Et plus je cherche à retrouver son nom, plus mon esprit se voit phagocyté par un autre nom qui tourne en boucle : Mélamoa, bête association d'idées avec le *Mets-la-moi* du dessin de Tristan. J'imagine alors qu'une Tahitienne à la peau mate et aux senteurs vahinées va ouvrir la porte et m'accueillir, déposant autour de mon cou un large collier de fleurs odorantes, ses hanches ambrées à peine couvertes d'un pagne rouge à fleurs, ondulant, son nombril décrivant une danse hélicoïdale, *Aloha papa de Tristan, entrez je vous en prie*, en fond on entendra du ukulélé et le bruit d'une cascade sous laquelle des filles nues se savonneront en riant.

J'ai beau essayer de me concentrer, impossible de retrouver son nom, Mélamoa parasite toute tentative rationnelle de ma mémoire. Je me détends un peu en réalisant qu'on n'est jamais amené à citer le nom d'une personne quand on s'adresse à elle. Je n'ai jamais su comment appeler les parents d'Anna, à vrai dire je crois ne les avoir jamais interpellés, j'ai toujours attendu qu'ils me regardent pour leur adresser la parole, je me suis toujours arrangé pour n'avoir jamais à prononcer des termes comme beau-papa, belle-maman, Colette, Régis, qui m'ont toujours semblé déplacés et hors de propos, j'ai donc définitivement opté pour l'attente patiente de leur regard tourné fugacement vers moi. J'ai passé vingt ans à les côtoyer sans avoir à les nommer, alors une réunion d'un quart d'heure, bagatelle. Machinalement je mets ma main devant ma bouche et souffle dedans pour évaluer mon haleine (alors que je me suis toujours questionné sur l'efficacité de ce geste, ainsi la paume de la main réfléchirait les molécules de mauvaise haleine comme des ondes lumineuses sur un miroir ?). Je me décompose en une fraction de seconde : ma main empeste l'oignon. J'ai eu beau prendre une douche ce matin, il semblerait que l'odeur ait bizarrement persisté. Seule ma main droite est imprégnée de l'odeur, ce qui paraît logique : je suis gaucher, je tiens l'oignon de la main droite et le couteau de la main gauche. C'est alors que la porte s'ouvre et qu'une fille, la trentaine, cheveux châtains, les yeux verts, m'invite à entrer, c'est elle, c'est Mélamoa. Mélamoa me tend la main pour me saluer, et je ne peux décemment pas lui serrer la main avec ma main à l'oignon – *On se fait la bise c'est plus sympa non ?* – encore que je ne sois pas tout à fait certain de ne pas m'être frotté la joue à un moment ou un autre et une bise à l'oignon serait pire encore. Par réflexe et parce que rester raide et immobile ne me semble pas être la solution la plus appropriée, je lui tends ma main gauche, ce qui nous confère une position un peu maladroite et je crois deviner dans ses yeux une ombre qui dit en substance *Ah d'accord je comprends mieux pourquoi le gamin est déjà tordu à quatorze ans*. Nous nous serrons la main, elle la droite, moi la gauche, et je me sens horriblement gêné par cette marque d'impolitesse. À l'origine, le serrement de mains servait à montrer à la personne en face qu'on ne tenait pas d'armes, c'était un salut en forme de paix, et donc on se serrait la main droite parce qu'on avait tendance naturellement à avoir son arme dans la main droite, mais la véritable origine ne serait-elle pas qu'on se serre la main droite car chez les droitiers, c'est la main gauche qui empeste l'oignon ? Peut-être est-elle en train de se dire que je souffre d'une infirmité, elle est subitement rongée par la culpabilité, qu'est-ce qui me prend d'embêter ce pauvre homme avec une bête histoire de dessin alors qu'il a probablement d'autres chats à fouetter avec son bras paralysé, je suis un monstre.

Nous nous asseyons face à face à un bureau de collégien et la discussion prend très vite une tournure étrange et assez gênante : à aucun moment nous ne nommons l'objet de la rencontre, nous tournons autour sans jamais vraiment l'approcher, dans une danse un peu hésitante, elle utilise des expressions comme *l'objet du délit*, *le geste déplacé*, voire *la bêtise*, terme que je trouve quelque peu infantilisant mais après tout assez raccord avec le geste puéril de Tristan. Nous évoluons dans un vaste champ de litotes, de détours, d'itinéraires bis, de circonvolutions, et j'ai l'impression que nous jouons à ce jeu où l'on doit faire deviner un mot en évitant d'en utiliser certains, *Alors, on n'a pas le droit de dire : dessin – bonne – mettre – levrette.* Par un réflexe un peu idiot, mon regard se porte sur l'annulaire de sa main gauche dépourvu d'alliance. Comme si un annulaire dépourvu d'alliance était porteur de la moindre information, à l'heure des familles recomposées, surcomposées, métacomposées, des vraies salades d'été, et je me demande de quoi j'ai l'air moi avec ma famille pas recomposée pour deux sous, une bête salade de tomates avec un filet d'huile d'olive de snack routier de bord de nationale. Elle me demande si tout se passe bien à la maison, comme si l'origine du mal se situait là, *à la maison*. Que veut-elle insinuer par là ? Que Tristan assisterait régulièrement à des scènes de copulation ? Sa question signifie : lui n'y est pour rien, il n'est qu'un réceptacle à névroses environnantes, elle signifie : c'est vous qui avez raté quelque chose, c'est vous la cause, elle signifie : ce dessin en dit long sur vos échecs à vous. Je réponds *Oui oui tout se passe bien*, je répète plusieurs fois de suite *Je ne comprends pas, je vous assure, je ne comprends pas*, et je le pense sincèrement, je ne comprends pas comment on en vient là, et je me retrouve tout penaud face à une fille qui a probablement dix ans de moins que moi et qui, je crois, me trouble un peu. *Vous devriez peut-être l'amener voir un psychologue ?* Je hoche la tête, l'air grave et démuni, pendant qu'en fond des filles se savonnent sous une cascade. Elle conclut que l'incident est clos, et que Tristan est quelqu'un de *chouette*, ce serait dommage qu'il se gâche. Nous nous levons, elle me tend la main, je lui tends ma main gauche par souci de cohérence.

Je compose le numéro de la CPAM, fébrile, pris d'un trac d'acteur débutant. Une petite musique se fait entendre, une musique censée nous faire patienter, nous apaiser, mais qui me plonge chaque fois dans un état proche de la spasmophilie, l'un de ces messages d'attente a même réussi à me faire détester *Heroes* de Bowie, que j'adorais. Pourquoi ne jouent-ils pas cartes sur table ? *Eh oui, on vous demande de patienter, qu'est-ce que vous voulez qu'on y fasse ? Vous croyez que vous êtes seul à avoir des problèmes ? On est en sous-effectif, on court de tous les côtés, on est épuisés, vous pouvez comprendre ça ? Alors oui vous avez peut-être autre chose à faire, mais nous aussi, et que vous le vouliez ou non on passe sa vie à attendre, et tout comme la matière est essentiellement constituée de vide, l'existence n'est faite que d'attente. De toute façon, vous aviez prévu quoi juste maintenant ? Demandez-vous si ce que vous alliez faire vaut vraiment la peine.*

Ça ou autre chose, ici ou ailleurs… Au bout de quelques minutes quelqu'un prend la ligne, une voix se fait entendre, une voix de dame plutôt grave, j'ai préparé un discours bien précis que je récite comme un collégien. *Bonjour, voilà, j'ai reçu une convocation pour un dépistage du cancer colorectal, celui que l'on reçoit automatiquement à cinquante ans vous savez, mais voilà, il se trouve que je n'ai que quarante-six ans…* (là je marque une pause un peu dramatique pour laisser le temps à mon interlocutrice de digérer l'information) *et donc je me demandais si c'était normal…* Elle me demande mon nom et mon numéro de sécurité sociale, puis me dit *Un instant s'il vous plaît*. Et la musique reprend (*Pile là une mélodie niaise et irritante qui me fait douloureusement penser à toi*) et l'attente me semble à nouveau interminable, les pires scénarios se succèdent dans ma tête, la dame tape mon nom et mon numéro de sécurité sociale, reste en arrêt devant son écran, *Mon Dieu c'est horrible… Claudine, viens voir ça…* Claudine quitte sa chaise et vient se poster derrière Cathy, son expression se teinte alors d'une horreur indescriptible en découvrant le verdict de l'écran, elle met sa main devant sa bouche, *C'est pas possible…* Toutes deux restent un instant prostrées dans un silence de plomb que Cathy finit par briser de sa voix tremblante, *S'il te plaît, Claudine, tu veux pas lui annoncer toi ? — Ah non, c'est toi qui as décroché, c'est toi qui lui annonces, c'est la loterie hein…* Un petit clic retentit, la voix de la dame revient, *Écoutez il doit probablement s'agir d'une erreur de logiciel, n'en tenez pas compte.* Une erreur de logiciel. Bizarrement sa réponse supposée me rassurer, voire clore définitivement le dossier, ne me satisfait pas. Une erreur de logiciel. L'alibi le plus vague que j'aie jamais entendu. La réponse qui pourrait correspondre à n'importe quelle question du monde. Et j'ai envie de lui dire *Je ne crois pas aux erreurs, je ne crois qu'aux signes.* Est-il possible que des personnes prédisposées reçoivent l'enveloppe ? Est-ce que, par exemple, vos fichiers contiendraient des données médicales qui impliqueraient un suivi plus précoce ? Par exemple sur les prédispositions génétiques ? Est-ce une erreur fréquente ? C'est quoi votre logiciel ? Et tout ça se bouscule et je ne dis rien, si ce n'est un vain *Euh, mais alors je fais quoi de l'enveloppe ? — Ce que vous voulez, vous pouvez la garder ou la jeter, vous en recevrez une autre de toute façon. Cela dit, si ça vous rassure, vous pouvez en profiter pour faire le test…* Pourquoi me dit-elle ça ? Pourquoi me dis-tu ça Cathy ? Cathy, réponds-moi, ne raccroche pas, fais pas la con, tu dois tout me dire, on doit tout se dire, pense à tout ce qu'on a vécu, la petite musique crispante, l'attente interminable, et nous nous saluons, raccrochons et je reste les bras ballants, le regard droit vers l'espoir illusoire d'un logiciel défectueux.

Ces derniers temps, quand on me demande quel âge ont mes enfants, j'ai une réponse toute trouvée : *14-18, comme la guerre*. Je suis très fier de ma trouvaille et la place d'autant plus fréquemment que je sais son obsolescence programmée, je ne dispose plus que de quelques mois pour l'user à la corde, conscient que *15-19, comme la guerre* fonctionnera moins bien, on ne va pas se mentir. Et ce qui au départ n'était qu'un bon mot s'est révélé tristement prophétique, tant j'ai la sensation que tout est plus lourd et pesant et laborieux ces derniers temps, comme arrivé à un automne où le ciel se fait progressivement plus bas. Un jour à table, Tristan, à sa mère qui lui demandait ce qu'il faisait en ce moment en histoire, avait répondu *Les tranchées*, du tac au tac j'avais dit *Les tranchées d'Albert Camous ?* en roulant les r, un silence s'était ensuivi, le vent chaud du désert de l'Arizona s'était levé, faisant bondir les virevoltants au-dessus du sol, à peine distinguait-on au loin quelques notes d'harmonica paresseusement soufflées par un Mexicain désœuvré, et là, soudainement j'avais compris que la parenthèse enchantée était refermée – ou du moins en jachère –, j'avais compris que quelque chose s'était brisé, ou perdu en route, ou évaporé, ou transformé, quelle que soit la forme du changement, le résultat était le même : le silence de la plaine et les yeux blasés levés au ciel.

Quand ils étaient petits et que nous partions en voyage en voiture, chaque fois que nous traversions un tunnel, je me lançais dans un hurlement de loup, *Ouuuuuuh*, et les enfants criaient de peur, une peur véritable, primitive, pas simulée le moins du monde, et ce jusqu'à la sortie du tunnel. Les années passant, la peur s'était faite moins bruyante, moins longue, moins primitive, jusqu'à disparaître complètement. Malgré tout, je n'ai jamais cessé mes hurlements, encore aujourd'hui je continue mes *ouuuh* dans les tunnels. Bien évidemment je n'espère pas une seconde que mes enfants vont se mettre à crier de peur, je ne le fais plus pour eux, je le fais pour moi, je ne sais pourquoi exactement, pour maintenir quelque chose en vie, par refus du temps qui s'échappe, du lien qui se distend, du ciel qui s'assombrit, par refus de capituler. Chaque fois que nous traversons un tunnel, je me lance dans un *ouuuuuh* dont je sais qu'il va être pathétique, inutile, dérisoire, qu'il va résonner dans un long silence au pire gêné au mieux indifférent, et chacun va regarder la vitre de son côté comme si le paysage était fascinant et je me sentirai aussi seul qu'un naufragé au milieu de l'océan, mais qu'importe, je m'agrippe à mes *ouuuuh* comme à un paradis perdu ou un vieux T-shirt d'adolescent, je suis un de ces vieux loups qui ne font plus peur à personne, qui marchent loin derrière la meute, qui ne sont plus ni alpha ni bêta ni zêta, ils sont hors alphabet tant ils se traînent loin derrière, alourdis par le poids croissant de leur prostate gonflée.

Alors que je me gare dans l'allée, mon voisin, monsieur Boyer, est en train de ramasser des feuilles. Il ramasse des feuilles toute l'année. À l'automne d'accord, mais comment fait-il pour ramasser des feuilles les autres mois de l'année ? Je le soupçonne de se faire livrer des feuilles mortes pour pouvoir les ramasser et trouver ainsi un sens à sa retraite – voire à sa vie. La première fois qu'il est venu chez nous, peu après notre emménagement, à peine entré, il a jeté un regard soucieux au grillage entourant notre piscine et s'est inquiété subitement qu'il ne soit pas aux normes. Il a sorti un mètre de sa poche (comme s'il était tout à fait naturel de se balader avec un mètre dans la poche), a commencé à prendre des mesures, et son visage s'est assombri, tout cela semblait très préoccupant. *Mmh, 1,15 m… Vous savez que la norme est à 1,22 m ? Vous savez qu'avec un grillage en dessous de la norme requise vous n'êtes pas couverts par l'assurance ? Ça veut dire que si un jour quelqu'un entre chez vous par effraction en votre absence et se noie, c'est vous qui êtes reconnus responsables…* Nous avions adopté, Anna et moi, un air tracassé, je n'osai lui rétorquer que, oui, il est un fait bien connu que les cambrioleurs, après avoir vidé la maison, la peau encore moite de l'effort, se disent *Aaaah ben j'ai bien bossé moi aujourd'hui, je piquerais bien une tête*, un plongeon dans la piscine et bim, hydrocution, on voyait ça tous les jours. Nous l'avions remercié pour la mise en garde, et aussitôt j'avais compris que notre relation de voisinage ne s'éloignerait jamais vraiment de ça : une mise en garde permanente et anxiogène contre le hors-norme de manière générale.

Je sors de la voiture et nous nous saluons chaleureusement, l'éclat de nos sourires inversement proportionnel à notre degré d'intimité, nous maintenons notre main en l'air un temps anormalement long afin de bien nous signifier que notre relation de voisinage est sans faille et que, quoi qu'il arrive, maladie, accident, agression, cambrioleur qui veut se baigner, examen colorectal, nous pourrons toujours compter l'un sur l'autre.

Un rituel tacite s'est instauré depuis notre emménagement qui consiste à nous inviter à tour de rôle pour prendre l'apéritif à une fréquence d'environ trois mois, fréquence qui elle aussi s'est instaurée d'elle-même, sans jamais avoir été explicitement formulée, et par une sorte d'ajustement progressif elle s'est avérée être une fréquence assez équilibrée, ni trop longue, ni trop courte. C'est à notre tour de les inviter, et comme à chaque fois que c'est notre tour, je repousse l'échéance de jour en jour. À mesure que nous commençons à entrer dans la période d'invitation, le voisin se fait plus présent, nous nous croisons de plus en plus fréquemment, il se fait livrer deux fois plus de feuilles afin d'être à l'extérieur quand je rentre et ses saluts sont de plus en plus chaleureux, c'est tout juste s'il ne m'accueille pas avec une fanfare et des majorettes. Chez eux, sur leur frigo, à côté des cartes postales de vacances et des post-it de rendez-vous médicaux, doit se trouver un calendrier avec précisément tous les trois mois APÉRITIF VOISINS, joyeusement surligné au jaune fluo, des confettis collés tout autour. Anna vit ce rituel mieux que moi, elle prend ça avec suffisamment de recul quand je vis ça comme une épreuve. *Rhooo t'as pas l'impression d'en faire des tonnes ? C'est juste un apéritif entre voisins…* Et je me sens trahi, abandonné, l'unité se brise, elle pactise avec l'ennemi, me voilà seul dans la tranchée de 14-18. *C'est juste un apéritif entre voisins. Juste* et *apéritif entre voisins* dissonent, un oxymore géant, un couple mal assorti, Paul Klee en Haute-Savoie. *C'est juste une guerre nucléaire. C'est juste un cancer en phase terminale. Juste* ne s'accorde pas avec tout. Et je devine au salut interminable de monsieur Boyer et à son sourire que nous approchons dangereusement de la date butoir.

François vient poser un gros dossier gris sur mon bureau et presse mon épaule, il est très tactile et un geste qui me semblerait intrusif dans n'importe quel autre lieu fait office ici, au milieu de la froideur bureaucratique, d'îlot d'humanité. Il me détaille un point de contrat que je n'écoute que d'une oreille distraite, préoccupé par une seule et unique question : et lui, a-t-il reçu l'enveloppe bleue ? Je pourrais le lui demander, comme ça, de manière anecdotique, aérienne, *Tiens, François, dis-moi, au fait, tu l'as reçu toi le courrier pour le test de dépistage colorectal ?* Mais je n'y arrive pas, quelque chose me bloque, et voilà peut-être la vraie définition de l'amitié : un ami c'est quelqu'un à qui l'on peut demander s'il a reçu un test de dépistage colorectal. Si ce geste nous semble insurmontable ou gênant ou déplacé ou incongru, alors on a affaire à un collègue, un copain, une vague connaissance, mais pas un ami.

Très vite, les dossiers apparaissent comme des alibis et il me parle de Charlotte, une jolie fille rousse arrivée il y a un mois à la compta et pour qui il semble avoir eu un coup de foudre, même si je crois que le coup de foudre aurait eu lieu quelle que soit la nature de l'arrivée, un éclair uniquement lié au nuage sursaturé, totalement indépendant de la nature du sol. Il ne se passe pas un jour sans que j'aie droit au rapport Charlotte, une suite de non-événements, de non-signes, de non-actes, interprétés comme autant de mains tendues, de portes ouvertes et de flagrantes opportunités, et je suis ça tous les jours comme on suit un épisode d'*Inspecteur Derrick* : on se dit toujours que cette fois il va se passer quelque chose mais en fait non. L'info du jour : ils ont bu un café à la machine à café et ont parlé de la Thaïlande. Elle a dit qu'elle était révoltée par le traitement réservé aux éléphants qu'induit le tourisme de masse et il a acquiescé, grave et concerné. *Ne m'en parle pas, c'est horrible, horrible.* L'osmose. La communion totale. Et ? Et rien. À demain. L'inspecteur Derrick contre les touristes en éléphants.

C'est touchant de le découvrir aussi exalté devant tant de non-signes. Là où n'importe qui ne verrait au mieux que relation professionnelle, lui voit ambiguïté, complicité, séduction, invitations larvées, il perçoit même une *évolution* dans leur rapport – ou alors *évolution* à prendre au sens darwinien du terme, à savoir sur plusieurs millions d'années.

Il a envie de l'inviter à boire un verre mais ne sait pas comment faire, il lance des hypothèses et attend ma réaction, comme si je pouvais lui être d'une aide quelconque en la matière, autant demander à un escargot de Bourgogne d'être coach de saut à la perche. Néanmoins je prends le dossier très à cœur et tente de le conseiller du mieux que je peux, l'inviter à boire un verre, oui, d'accord, mais comment l'amener ? Charlotte, vous savez, j'ai repensé à cette histoire d'éléphants, je ne dors plus, je ne mange plus, j'ai besoin d'en parler, que faites-vous ce soir ?

Verdier sort de son bureau, nous retrouvons alors nos expressions *dossier en cours* : sourcils froncés et bureaucratiques tendus vers un alinéa à éclaircir. Il passe devant nous, dégageant une froideur tétanisante, sa longue et mince silhouette toujours cintrée dans des costumes gris, ses lunettes rectangulaires, sa calvitie naissante, tout en lui dissuade de la moindre tentative de rapprochement, son autorité s'exerce par son ascétisme naturel érigé en muraille infranchissable, une distance monacale, un moine qui aurait fait vœu de morosité et d'antipathie.

Une fois Verdier disparu, François me regarde comme un sale gosse qui vient de faire une bêtise, et se remet à me parler de Charlotte, emporté, emballé, souriant, heureux. Il semble toujours satisfait d'être là, ici et maintenant, d'être au monde, la situation de manière générale paraît lui convenir. Et j'ai beaucoup de mal à imaginer des rêves d'enfants qu'il n'aurait pas réalisés et dont il garderait une frustration secrète, peut-être est-il devenu ce qu'il rêvait de devenir. Plus tard je veux travailler dans une boîte austère, vivre seul et parler d'éléphants avec des filles devant des machines à café. Il y a des gens comme ça qui semblent n'être passés à côté de rien. Soit que leurs objectifs étaient très accessibles (comme dans *Mort à crédit*, à propos de madame Barange, *elle visait bas, elle visait juste*), soit qu'ils n'en avaient pas, et c'est peut-être la meilleure philosophie de vie à adopter, N'espère rien et tu seras exaucé : tu n'auras rien.

Tu as parlé à Tristan ? Tu lui as dit que tu avais vu sa professeure ? Depuis le début, Anna met un point d'honneur à ce que ce soit moi qui règle cette histoire de dessin avec Tristan. Pourquoi moi ? Parce que tu es le père. Et ? Et rien, j'ai envie que, pour une fois, ce soit toi qui règles cette histoire, c'est tout. Anna aurait géré ça de main de maître, mille fois mieux que moi, de manière bien plus fluide ferme pédagogique intuitive définitive, pourquoi tient-elle absolument à me refiler ce dossier-là précisément ? Et j'y vois une volonté de *truc entre hommes*, de lien masculin, ça parle sexualité, ça parle puberté, ça parle hormones : c'est un dossier pour moi, le père, l'occasion ou jamais de créer du lien intime avec ton fils, il serait temps que tu abordes avec lui des sujets sérieux. De manière un peu puérile, j'entre en négociation, je t'échange un dossier sexualité contre deux dossiers Pythagore, voire trois dossiers sorties, mais

Anna est intraitable : les dessins de levrette, c'est moi.

Un jour que nous étions en ville tous les quatre, nous étions passés devant le cinéma, et l'affiche d'un film, *Under the Silver Lake*, avait attiré mon attention, j'avais lu des critiques élogieuses sur ce film intrigant, j'avais proposé que nous allions le voir en famille et puis ça faisait une éternité que nous n'étions pas allés au cinéma ensemble, j'en avais appelé à l'affect pour les convaincre (*On ne fait plus rien ensemble !*) et tout le monde avait fini par accepter de plus ou moins bonne grâce. À peine étions-nous installés sur nos sièges, douillettement, que le film s'ouvrait sur une scène de sexe explicite et interminable. L'effroi. Subitement je m'étais demandé ce que nous faisions là et pourquoi je les avais emmenés voir un film dont je ne savais rien, il faut être complètement crétin pour aller voir un film en famille sans même jeter un coup d'œil à la bande-annonce. Et la scène n'en finissait pas, elle s'étirait, s'étirait, s'étirait, le type n'en finissait pas de ses coups de reins vulgaires, et je serrais les accoudoirs en me disant Allez c'est bientôt fini, on va passer à autre chose, mais non, le type continuait et j'avais vu le moment où le film se résumerait à ça, une longue copulation d'une heure trente censée être une sorte d'allégorie de je ne sais pas trop quoi d'ailleurs. J'avais insisté pour traîner mes enfants voir une interminable scène pornographique. J'étais gêné pour moi, j'étais gêné pour eux, j'étais gêné pour Anna, je cristallisais à moi seul la gêne de toute la salle, je la sentais dans mon ventre, grouillant, et nous n'osions pas nous regarder, nous n'osions pas bouger d'un poil, mais le malaise était palpable, chacun sentait intimement que l'autre était gêné et tout ça se propageait comme un feu de forêt en plein mois de juillet. Il n'y a rien de pire pour un ado que de tomber sur une scène de sexe en présence de ses parents. Alors que tout est bien cloisonné, que chaque chose est bien à sa place, tout à coup le mur entre les deux univers s'effondre et c'est l'apocalypse : le sexe ET les parents se retrouvent ensemble par accident dans la même pièce. Les molécules se mélangent, les lois physiques classiques n'ont plus droit de cité, tout devient quantique, nous devenons dualité fils/être sexué, nous oscillons entre ces deux états, c'est le chaos. Il est urgent d'agir. J'avais, moi, ado, une technique assez ridicule quand j'y pense mais qui tenait du réflexe de survie : lorsque, subitement, au beau milieu d'un film du dimanche soir surgissait, impromptue, une scène de sexe, fût-elle relativement chaste (*Pour cent briques t'as plus rien*, tout à coup, alors que tout allait bien et qu'on rigolait bien et que l'ambiance était bon enfant, Daniel Auteuil, sans prévenir, se met à coucher avec une fille pour continuer à vivre chez elle, n'avait-il pas un autre recours ?), passé le quart de seconde de tétanie, j'activais mon plan spécial chaos : je faisais semblant de m'endormir. Subitement. D'un coup. Pof. Ça n'était pas crédible pour deux sous, comme si on pouvait passer de l'éclat de rire au sommeil profond en trois secondes à peine, les scènes érotiques agissant sur moi comme un puissant sédatif, mais je n'avais trouvé que cette solution. Les rediffusions avaient au moins cet avantage qu'on voyait la scène de sexe arriver de loin, on pouvait s'y préparer, commencer à laisser tomber ostensiblement ses paupières, laisser basculer sa tête, lâcher un bâillement, la phase d'endormissement se faisait plus progressive, donc plus réaliste.

Nous avions quitté la salle de cinéma au bout de vingt minutes, après une salve de soupirs exaspérés de mes enfants, soupirs appuyés et culpabilisants, et à peine dans la rue j'avais essuyé une rafale de *Ah bah bravo ton film*, tout le monde m'en voulait d'avoir cassé le pacte tacite de la séparation des univers, d'avoir fait voler en éclats la paroi sexe/parents et j'avais beau me défendre, arguer que je découvrais ce film en même temps qu'eux, je me sentais coupable, je n'avais pas joué mon rôle de père : protéger mes enfants, leur épargner une copulation interminable en famille. Je nous avais plongés tous les quatre dans le stupre collectif. Pour une fois, la seule et unique fois, que je prenais une décision pour toute la famille, c'était réussi. Je n'en prendrais plus par la suite, me cantonnant à mon rôle de suiveur arrangeant et mutique, et ça vaudrait mieux pour tout le monde. Il fallait se rendre à l'évidence : je n'étais pas doué pour le choix, de manière générale.

Tu as parlé à Tristan ? Non, je n'ai pas parlé à Tristan. Que veux-tu exactement que je lui dise à Tristan ? Tu sais Tristan, ça n'est pas grave ce que tu as fait, c'est humain, ce n'est rien, ça s'appelle la puberté, ton corps change, tes poils poussent, les hormones travaillent, tu subis des pulsions un peu… débordantes, c'est normal, tu ne dois pas en avoir honte. Je comprends ce dessin tu sais, tu as besoin d'extérioriser un bouillonnement difficile à contenir et que, pour l'instant, tu ne peux évacuer d'une autre manière, il faut bien que tout ça s'exprime, sorte de toi, ce n'est pas bien grave – petite tape sur l'épaule. Le simple fait de m'imaginer aborder ce thème avec lui me donne des frissons. Quelle horreur. Je voulais deux filles, je ne voulais pas de garçon. Pour ne pas avoir à lui transmettre des valeurs de garçon que je ne maîtrisais pas moi-même. Et pour ne pas avoir à parler de sexualité avec lui. Dans ma tête, s'agissant de sexualité, les choses étaient bien rangées, pour ne pas dire genrées : les filles parlent à leur mère, les garçons à leur père. C'est complètement idiot, mais ça m'arrangeait. Les pudiques font des pudiques font des pudiques font des pudiques – ça marche aussi avec névrosés. J'envie ces pères pour qui la communication père/fils est une formalité. *Hey bonne soirée fiston et n'oublie pas de te protéger hein ! Tiens, voilà des préservatifs...* – clin d'œil pouce levé, ébouriffage de cheveux – *Oh merci p'pa, ne t'inquiète pas p'pa...* – clin d'œil pouce levé, rires complices et harmonieux, fausse bagarre dans l'herbe, un chien au poil luisant vient les rejoindre pour jouer avec eux, et la mère sort sur le palier avec du jus d'oranges pressées et des cookies chocolat-cranberries encore chauds qu'elle vient de confectionner, un sourire apaisé sur les lèvres, Ah ces deux alors.

Je repousse le moment d'aborder ce chapitre avec lui, et je vais le repousser de jour en jour pendant des années, et tous les jours Anna me demandera Tu as parlé à Tristan ? Et puis un jour, pris d'un élan surgi d'on ne sait où, Tristan aura trente-cinq ans, il sera marié, aura deux enfants, je le prendrai à part, dans le couloir, entre quatre yeux, ma main posée sur son épaule, tendrement mais fermement : Ah au fait Tristan, j'ai quelque chose d'important à te dire... Tu sais ce dessin que tu avais fait en troisième, eh bien c'est inadmissible, je ne tolérerai pas ça une autre fois tu entends ?

Dans une ruelle del barrio de La Boca, attablé à la terrasse de mon café d'adoption, je regarde les enfants jouer au foot devant moi et trouve surprenant que dans leur jeu de rôle, au milieu des Messi, des Ronaldo, des Zlatan, certains s'identifient encore à Maradona, des dizaines d'années après son âge d'or, il est resté ici un mythe inébranlable, un quasi-Dieu, même aux yeux d'enfants qui étaient loin d'être nés dans les années 80. Ce sont toujours les mêmes enfants, ceux que je croise tous les jours dans le coin, ils m'appellent El Francès, et nous avons tous les jours le même rituel tacite, à peine me posé-je sur la terrasse du petit café qu'ils viennent me saluer, m'entourer, me parler tous en même temps, puis disparaissent comme ils sont venus, comme une nuée de sauterelles, pour se remettre à jouer au ballon. La chaleur moite de Buenos Aires m'envahit et me plonge dans une torpeur douillette, de temps à autre les enfants reviennent et me demandent de trancher sur un but qui est passé ou pas à côté des pulls posés par terre qui servent de poteaux, et je hume l'air parfumé du matin, ça va encore être une belle journée, chaude et sensuelle, et j'arrive au bureau et il est temps de quitter La Boca pour retrouver François et sa main sur mon épaule et ses éléphants et ses dossiers gris, quitter le fantasme qui m'enveloppe dès lors que je me retrouve seul en voiture : le fantasme de la disparition. S'évaporer, sans préavis, sans laisser la moindre nouvelle, partir, prendre congé, démissionner de la vie, démissionner de la réalité. Ne pas me rendre au bureau, ou ne pas en revenir, et prendre la tangente, bifurquer, puis me mettre à rouler, rouler, au hasard, prendre une autoroute, mettre la musique à fond et rouler, au gré des hôtels, des villes, sans but ni programme. Que se passerait-il ? Quel serait le déroulé de mon absence ? Dans un premier temps, Anna s'inquiéterait de mon retard, elle téléphonerait probablement à François qui lui confirmerait que, si si, il est bien parti du bureau à l'heure, elle envisagerait un instant une relation adultère, mais les heures passant, l'adultère laisserait place à l'accident de voiture, ou peut-être un AVC – ou une combinaison des deux, l'AVC ayant entraîné l'accident de voiture. Et puis tout ça commencerait à enfler, se propager, l'inquiétude grimpante, les coups de fil échangés, la famille, les amis, on finirait par prévenir la gendarmerie, Anna en panique au téléphone, Jade et Tristan retenant des larmes pudiques, se souvenant en silence quel père j'avais été (Tu te souviens quand il nous faisait peur sous les tunnels ? C'était tellement adorable... Et puis il était si drôle... Tu te souviens de *Les tranchées d'Albert Camous*, ah ah ah !). Entre-temps quand même j'aurais envoyé un petit mot rassurant afin de n'être pas traqué, message volontairement vague : *Ne vous inquiétez pas pour moi, tout va bien*, suivi d'un cœur. Et c'est un double scénario qui se jouerait, au-delà de la sensation de liberté et d'évasion, celle de la jouissance du vide que je laisse, ce qui s'écrit en creux ici, sans moi. Se redonner une existence par l'absence. Vous ne vous doutiez pas que je vous manquerais à ce point hein ? Eh ben voilà. Je ne vous reviendrai pas, je quitte ce monde, je suis libre, je suis dans un hôtel du Barrio Gótico à Barcelone, le soir je bois un cuba libre sur la plaza Real, libéré de tout, libéré de tous, j'y reste quelques jours avant de pousser mon périple jusqu'à Buenos Aires (ici ellipse sur les moyens d'y parvenir, la logistique de mon voyage demeure somme toute assez floue). Le fantasme de la disparition me comble et m'apaise, à tout moment je peux partir, même si je sais que je ne le ferai jamais, et que si je le faisais un jour, à la première aire d'autoroute, en buvant mon café sur une table haute, après l'exaltation et l'ivresse des premiers kilomètres, je me sentirais soudain envahi d'un grand vide, ce même vide que j'avais prévu de laisser derrière et qui finalement aurait décidé de m'accompagner, confortablement installé sur le siège passager, et je sortirais mon portable et une fois que j'aurais sorti mon portable ce serait fini.

Enfant, je me faisais toujours le même scénario avant de m'endormir : Christelle se fait molester par deux brutes épaisses, Maurice et Lionel (durant des années, toutes les brutes épaisses de mes scénarios s'appelleront Maurice et Lionel, sans que je sache exactement pourquoi, je n'ai pas le souvenir d'avoir été particulièrement chahuté un jour par un Maurice ou un Lionel, mais ces prénoms devaient probablement sonner *brutes épaisses*), j'arrive, découvre la scène, m'interpose, leur intime de la laisser tranquille, je dis ça d'une voix grave et posée que je n'ai pas dans la réalité, la mue n'ayant pas encore accompli son œuvre à ce moment-là, ils me rient au nez, leurs petits yeux cruels me perforant de part en part, me disent de dégager. Ce qu'ils ignorent c'est que je fais du karaté (à un niveau relativement élevé, le grand maître chinois lui-même, le même que celui de David Carradine dans *Kung Fu*, n'en revient pas que l'on puisse atteindre le septième dan si jeune), ils se ruent sur moi et là tout va très vite, enchaînement de coups virtuoses et puissants, le combat tourne court et ils repartent, vaincus et humiliés, et Christelle me tombe dans les bras, nous nous embrassons durant un temps interminable et sous différents angles. Dans mon film, le temps du baiser est complètement disproportionné, beaucoup plus long que tout ce qui précède, avec un montage aussi déséquilibré je n'aurais pas pu espérer de *Télérama* autre chose que le petit bonhomme en colère.

À quarante-six ans, fini le karaté, je bois un café en terrasse à Buenos Aires, on a les fantasmes de ses artères – et de sa prostate.

Un samedi soir de fin d'année scolaire, nous devions assister à un gala de danse de Jade, elle avait treize ans, il s'agissait d'une comédie musicale type *Cabaret* ou *Broadway*, et je m'apprêtais déjà à passer les deux heures les plus longues de ma vie. J'avais tout tenté pour y échapper, j'avais même demandé à Jade si elle tenait vraiment à ma présence (plus exactement, j'avais habilement retourné la problématique : est-ce que ma présence ne la perturberait pas, ne lui mettrait pas trop de pression ?). Anna m'avait lancé un regard accusateur, j'y étais donc allé comme on va à la mine, admettant qu'après tout il existait dans le monde des choses plus graves qu'un gala de danse, même si sur le moment j'avais beaucoup de mal à réellement m'en persuader. Contre toute attente, très vite, ce spectacle m'avait captivé, quoique pour de mauvaises raisons : c'était tellement raté que ça en devenait fascinant. Une comédie musicale requiert un minimum de précision, de synchronisation, de rigueur, là tout était approximatif, maladroit, gênant, anxiogène. Elles étaient une dizaine de filles et le moindre de leurs mouvements s'accompagnait d'un regard inquiet en direction des autres, un regard qui disait *C'est bien là que je dois me mettre ?* Et tout n'était que succession d'hésitations, d'appréhensions, d'absences, de prises de conscience soudaines du corps et de ses limites. Jusqu'à arriver au clou du spectacle : les filles étaient allongées sur le sol de tout leur long, bien droites et parallèles, séparées les unes des autres d'un mètre environ, puis se mettaient à rouler, mais, n'étant absolument pas synchronisées, certaines roulant plus vite que d'autres, l'espace entre chacune d'elles soit se dilatait, soit se resserrait dangereusement, jusqu'à ce que certaines finissent par se rouler les unes sur les autres pour aboutir à une sorte d'empilement de chair grotesque, et je ne sais pas quel terme désigne le plus précisément l'exact contraire de la grâce mais voilà, si je connaissais ce mot, le spectacle auquel j'assistais en était la parfaite illustration : l'exact contraire de la grâce. Alors que je m'étais astreint, tout au long du spectacle, à un sourire discret et respectueux (après tout il était question du gala de ma fille), à cet instant, subitement, voyant les corps s'amonceler, j'avais éclaté de rire, d'un rire sonore qui avait jailli malgré moi, et Anna m'avait lancé un regard sévère et chargé de honte, ainsi que la dame à ma gauche qui devait probablement être la mère d'un élément de l'empilement, j'avais dû sortir de la salle, sur le parvis, j'en riais encore. Être un bon père consiste-t-il à trouver merveilleux un spectacle au seul prétexte que sa fille en fait partie ou bien à réussir à se retenir de rire ? À cette question, de retour à la maison, Anna avait haussé les épaules et tourné les talons, croyant que je faisais le malin, c'était pourtant une vraie question, sans la moindre ironie, peut-être la seule vraie question à se poser sur la paternité.

Mes enfants ne m'avaient jamais offert que des choses ratées, approximatives, maladroites, et plus elles étaient ratées, approximatives, maladroites, plus mon émotion était forte et les larmes m'en montaient. Le plus récurrent étant ces marque-pages sous plastique aux couleurs criardes étalées au pastel ou à la gouache et qui m'empêchaient de lire sereinement tant que le marque-page n'était pas à trois mètres au moins du livre sous peine de détourner mon regard du texte – voire de risquer le décollement de rétine si je le regardais de trop près. Tous les ans, pour la fête des pères, j'avais un marque-page. La plastifieuse a constitué pour les professeurs des écoles une découverte qui est l'équivalent de ce qu'a pu être la découverte du feu pour nos ancêtres. Quand la plastifieuse a débarqué, tel le monolithe de la connaissance dans

2001, l'odyssée de l'espace, tous l'ont regardée, les yeux écarquillés, puis ils se sont mis à danser autour en psalmodiant des incantations chamaniques.

Jade se tourne vers moi et me demande : *Tu veux pas aller à l'église prier et allumer un cierge pour que Yanis me re-aime ?* Sa requête me coupe les jambes. Je ne sais ni quoi dire ni quoi penser, je reste silencieux un instant. Jade, habituellement si rationnelle, qui n'a jamais manifesté le moindre attrait pour le paranormal, le religieux, le spirituel, cette Jade-là me demande d'aller allumer un cierge. Après Tristan, l'amateur de pirates Playmobil qui dessine des levrettes, Jade-les-pieds-sur-terre me demande d'aller allumer un cierge. Quelqu'un a remplacé mes enfants. Ou peut-être ai-je raté un épisode dans un moment d'inattention. Je le lui promets, je lui promets que j'irai prier et allumer un cierge pour que Yanis la re-aime, sans savoir si je le ferai, comme on promet à un enfant que tout va aller bien au moment de le border, au moment du bisou du soir, et ma promesse, quoi qu'elle vaille, me ramène durant quelques secondes au temps où mon rôle était plus simple et limpide et primordial.

On m'a appris la baie des Cochons, on m'a appris à résoudre un système d'équations à deux inconnues (par substitution et par combinaison), on m'a appris le Gulf Stream, on m'a appris la présence de soude révélée par un précipité bleu, on m'a appris à analyser en anglais un tableau de Norman Rockwell, on m'a appris les équations de Maxwell, la constante de Planck, la diagonalisation de matrices, on ne m'a pas appris à être père – *soit T un ado qui, en classe, dessine deux de ses professeurs en situation de levrette, en vous appuyant sur les équations de Fermat vous réglerez ce problème de manière ferme et pédagogique.* La semaine dernière, sous mon essuie-glace, j'ai trouvé un prospectus, d'un certain monsieur Harouna, médium-voyant-marabout qui prétendait être en mesure de résoudre pas mal de problèmes, il semblait être compétent en matière de : amour, affection, fidélité entre hommes et femmes, mariage, retour immédiat au foyer de la personne aimée, renfort sexuel, chance, protection contre tous les dangers, désenvoûtement, travail, succès dans le sport, situation, examen et concours, etc., le *etc.* laissant entendre que la liste n'était pas exhaustive. Alors oui, certes, monsieur Harouna, vous me semblez tout à fait multitâche, tout ça est plutôt impressionnant, mais dites-moi monsieur Harouna, avez-vous essayé d'être père ? Ma liste ne pourrait pas tenir sous un essuie-glace, ou alors un essuie-glace de poids lourd, de ces gros trucks polonais qu'on dépasse sur l'autoroute en allant à Buenos Aires. Un chapitre m'avait particulièrement intrigué : Situation. Qu'incluait le chapitre Situation ? C'était si vaste et abstrait que ça en devenait vertigineux. Bonjour monsieur je viens vous voir car j'ai un problème de situation, bien allongez-vous nous allons regarder ça, vous avez la carte Vitale ?

La petite musique m'accueille à nouveau et commence à me devenir familière, comme une berceuse, une ritournelle rassurante derrière laquelle se terrent, qui sait, des réponses à mes questions. La musique laisse la place à une voix et j'essaie en une fraction de seconde de discerner s'il s'agit de la même que lors de mon dernier appel et elle y ressemble à s'y méprendre, mais peut-être est-ce l'une des conditions d'embauche, peut-être le CV consiste-t-il en un simple examen vocal, *Allez-y, dites quelques mots pour voir si vous avez la voix CPAM ?* À une certaine époque de ma vie, une dame à la voix fluette et à l'accent asiatique m'appelait plusieurs fois par jour pour me démarcher à propos de tout et n'importe quoi et à vrai dire j'ai même oublié de quoi il s'agissait, si toutefois je l'ai compris un jour. Je me demande si elle savait qu'elle m'appelait plusieurs fois par jour ou si elle se contentait de composer les numéros de sa liste un peu au hasard, le mien étant noyé au milieu de centaines d'autres numéros qu'elle appelait en boucle, multipliant les chances d'obtenir un résultat positif. Je crois qu'au fond elle me rappelait parce que j'étais particulièrement bienveillant. J'imaginais sans mal les autres la remballer aux premières syllabes, la reconnaissant entre mille, *Non mais vous savez que vous commencez sérieusement à nous faire chier avec vos appels ? Vous savez qu'on a Bloctel et qu'on pourrait très bien vous coller un procès au cul ? Savez-vous au moins que vous parlez à des gens dont le grillage autour de la piscine mesure 1,22 m, pas un centimètre de moins ?! Vous savez ça ?!* Et la petite Asiatique raccrochait et fondait en larmes avant de se remettre à l'ouvrage, courageuse, volontaire. J'imaginais une fille-mère au fin fond du Mékong, son téléphone à cadran posé sur les genoux, et une obligation de résultats pour pouvoir subvenir aux besoins de ses sept enfants, alors je l'écoutais, sans rien comprendre de son charabia, et c'était interminable, pénible, laborieux, de l'urticaire commençait à apparaître dans mon dos, parfois même une crise d'angoisse se profilait, mais je mettais un point d'honneur à ne pas l'interrompre. Non seulement elle écorchait systématiquement mon nom mais elle tenait de surcroît à le placer à tout bout de champ, au milieu des phrases, en guise de ponctuation, et la déformation du nom n'était jamais tout à fait la même au fur et à mesure de son monologue, elle subissait d'infimes variations dans le ratage que je trouvais d'une poésie folle, comme ces objets artisanaux d'étals de marchés dont la laideur n'est jamais tout à fait la même d'un exemplaire à l'autre et ça finit par en devenir beau. Tout ça pour aboutir invariablement à *Non mais je suis désolé, ça ne m'intéresse pas*, prononcé avec le plus d'égards et de douceur possible, comme j'aurais chuchoté un mot doux sur l'oreiller, alors elle raccrochait et me rappelait deux heures après comme si de rien n'était, sous couvert d'une autre société, et peut-être au fond revenait-elle vers moi parce que j'étais une sorte de respiration dans sa journée entre deux grillages à 1,22 m, *Tiens je vais appeler le monsieur à 1,15 m, ça va me faire du bien*. Notre idylle dura ainsi plusieurs mois jusqu'à ce que je n'aie plus de nouvelles du jour au lendemain, et il arrive régulièrement que je pense à elle lorsque le téléphone sonne, *Tiens c'est peut-être ma petite Asiatique*. Mais cette voix-là n'est pas asiatique, elle est juste CPAM. *Oui bonjour, je vous ai appelée il y a quelques jours à propos d'une enveloppe de dépistage du cancer colorectal, je ne sais pas si c'était vous*... Je perçois aussitôt une forme d'irritation à l'autre bout du fil, *Je ne sais pas, dites-moi*... et je me sens aussitôt dans la peau de la petite Asiatique, et la dame va me dire qu'elle en a marre, on en a rien à foutre de votre enveloppe vous comprenez ça ? Vous commencez à nous faire chier avec votre enveloppe ! Je vous signale qu'on a Bloctel ! Je répète de manière scolaire le même monologue au mot près que lors de mon précédent appel et la dame me fait exactement la même réponse, tout ça a quelque chose de rassurant, de douillet, pas d'infos mais pas de mauvaise surprise non plus, et je raccroche pas plus avancé, en suspens mais apaisé, comme un enfant qui le soir, au lit, veut que sa mère lui raconte toujours la même histoire, cette histoire qu'il connaît par cœur mais qui le berce et le rassure et je ne saurai jamais si c'est la même dame qui m'a répondu ou une autre mais au fond peu importe tant que j'ai mon histoire du soir, *Axel et le petit logiciel défectueux*.

Dans l'église, la première question qui me traverse en voyant le bénitier sur ma droite est : doit-on se signer en entrant même si l'on est le dernier des mécréants ? L'église est plutôt déserte, hormis deux ou trois personnes qui déambulent et une vieille dame assise au milieu des bancs, les yeux plantés vers l'autel. À quoi peut-elle penser ? Vient-elle ici tous les jours parler à son défunt mari ? Ou tient-elle simplement à préparer le terrain pour être bien sûre d'être accueillie comme il se doit une fois dans l'au-delà ? Je contourne les bancs sur la gauche, hésitant entre plusieurs lieux de prière jusqu'à ce que j'arrive devant une statue qui retient mon attention. Notre-Dame d'Espérance. Le nom est tout indiqué pour ma prière, je ne pouvais mieux tomber. Je me trouve chanceux d'être précisément tombé sur elle – en même temps je doute qu'il existe dans les églises une Notre-Dame du Désespoir ou une Notre-Dame de la Dépression Tenace, la chance a peu à voir là-dedans. Elle tient dans ses bras un bébé, il se dégage une infinie douceur de cette statue, le regard que lui porte celle que je suppose être sa mère est d'une tendresse palpable, elle ignore encore que quatorze ans plus tard il dessinera des levrettes. Il est indiqué sur le porte-chandelier le tarif pour un cierge, *un ou deux euros*, et je me demande si la prière a statistiquement plus de chances d'aboutir si l'on donne deux euros plutôt qu'un. Dans le doute, je glisse deux euros dans la boîte – deux euros l'espérance, ça reste abordable. Une fois le cierge allumé, je reste là, un peu bêtement, les bras pendant le long de mon corps raide. En quoi consiste exactement une prière ? À qui dois-je m'adresser ? À Dieu ? À Jésus ? À Notre-Dame d'Espérance ? À Notre-Dame du Retour de l'Être Aimé et de la Réparation d'Ordinateurs à Distance ? Je me fais violence pour ne pas me laisser submerger par la moindre ironie, je suis ici pour Jade, j'ai à cœur de tenir ma promesse. De fait, dès que je pense à elle, à sa détresse, les mots me viennent, simplement, je ne me pose plus la moindre question de comment à qui sous quelle forme et tout coule naturellement.

Quand nous étions ados, en cinquième, une question nous obsédait : comment embrasse-t-on ? Nous allions frénétiquement chercher la réponse dans les pages de *Podium Magazine* (rubrique Docteur

Podium), et à cette question récurrente, la réponse était invariablement : *La seule chose qui compte c'est la sincérité, si tu l'aimes alors ça se fera naturellement*, et cette réponse nous rendait fous de rage, elle nous plongeait dans un vide abyssal, plus abyssal encore qu'avant, notre ignorance se voyait creusée à la pelleteuse de plusieurs mètres supplémentaires, non mais qu'est-ce que c'est que cette arnaque ? Il l'a eu où son diplôme de médecine, Docteur Podium ? Était-ce une façon de nous cacher la vérité ? Nous, tout ce qu'on voulait savoir c'est : dans quel sens la langue, combien de tours, y a-t-il un nombre de tours à partir duquel on doit changer de sens, est-ce qu'on doit respirer par le nez ou par la bouche ou pas du tout, et, accessoirement, que fait-on de ses mains pendant ce temps, du CONCRET, du RÉEL, qu'est-ce que c'était que ces conneries d'amour et de sincérité et de naturel.

Une femme passe derrière moi, un appareil photo autour du cou, probablement une touriste, je la trouve plutôt jolie, elle me fait un peu penser à Mel, la professeure de Tristan, et je revois le rendez-vous, la main à l'oignon, ses questions, ses yeux verts doux et autoritaires plantés sur moi, je me dis que je pourrais lui faire un cadeau pour excuser le geste de Tristan, je ne sais pas si ça se fait, peut-être pas, peut-être que c'est pire, peut-être que ce serait perçu comme une tentative de corruption, de chantage affectif au silence, et comme mon esprit divague, mon regard s'égare sur la cuisse de la dame, elle y arbore un tatouage pour le moins énigmatique : trois gros points, un noir entouré de deux blancs, il doit probablement s'agir d'un symbole mais lequel ? Mon cœur balance entre deux amants ? Trois points de suspension ne le sont jamais tout à fait ? Dans l'agriculture intensive, un petit pois sur trois est génétiquement modifié ? Nos regards se croisent, je suis pris en flagrant délit en train de regarder sa cuisse, paniqué je me retourne et me remets à fixer Notre-Dame d'Espérance, craignant subitement que ces pensées impures et totalement hors sujet n'aient annulé ma prière et mon cierge et que tout ça n'ait servi à rien, Jade ne me le pardonnerait jamais. J'allume alors un deuxième cierge, glisse deux euros de plus dans la boîte, en espérant que personne ne m'ait vu sous peine d'être pris pour un dangereux psychopathe du cierge, une sorte de fétichiste qui passerait ses journées à se faufiler dans les églises pour allumer cierge sur cierge en glissant chaque fois deux euros dans la boîte avant de repartir en courant.

La première fois que nous étions allés prendre l'apéritif chez nos voisins, monsieur Boyer avait tendu un index vers moi en disant : *Whisky ?* Et ça n'était pas vraiment une question, plutôt une demande de confirmation, comme s'il eût été inconcevable que je désire autre chose, et j'avais trouvé ça tellement déplacé, proposer un whisky au lieu de laisser le choix entre plusieurs options, que j'avais paniqué, j'avais accepté, alors que je déteste le whisky, par souci de bien faire, de ne pas faire de vagues, une façon symbolique d'entamer avec nos voisins une relation symbiotique et fraternelle. Peut-être n'y avait-il là aucune intention despotique de sa part, peut-être le whisky représentait-il simplement à ses yeux le seul apéritif envisageable entre hommes d'un certain âge. Anna m'avait lancé un regard interrogatif et amusé, je lui avais répondu de mes yeux ronds et perdus qui signifiaient en substance Qu'est-ce que tu voulais que je fasse d'autre ? Il nous avait servis, nous avions trinqué tous les quatre, porté les verres à nos lèvres et, ce faisant, il me regardait pour savoir ce que je pensais de son whisky, un peu comme ces gens qui vous racontent une blague et vous fixent en riant pour vérifier que vous riez aussi. J'avais avalé une petite gorgée, fait tourner le liquide dans ma bouche en regardant le fond de mon verre, l'air plongé dans une analyse approfondie et complexe, et lui avais confirmé par un *Mmhh* tout le bien que je pensais de son whisky, son visage s'était illuminé, lâchant un *Ah, hein ?* soulagé. Je ne savais pas à cet instant précis que je venais d'ouvrir la boîte de Pandore d'une grande complicité entre fins amateurs de whisky, que chaque fois que nous prendrions l'apéritif, il faudrait en passer par ce rituel quasi religieux de la dégustation d'un breuvage qui m'arrachait la gorge et m'enflammait l'œsophage. Chaque fois il me sort des noms tous plus alambiqués les uns que les autres et chacun est plus infect encore que le précédent, et ce moment est devenu un vrai calvaire. Quand vient notre tour d'invitation, je dois me munir d'une bouteille de whisky différente à chaque fois, j'ai environ trois mois pour essayer de trouver quelque chose. Anna me répète que c'est ridicule, que je devrais lui dire, mais il est trop tard, j'ai atteint le point de non-retour. J'ai poussé le camouflage jusqu'à apprendre des termes tels que tourbé, malté, brut de fût, trempé, toasté, et des *Mmhh on sent bien les levures*, que je place çà et là au petit bonheur la chance. Je ne sais pas comment j'ai réussi à faire illusion jusque-là, ça tient du miracle, et tout porte à croire que l'on peut traverser la vie en expert d'à peu près n'importe quoi en se contentant de petits *mmhhh* pénétrés accompagnés de sourcils froncés.

Au lycée, j'étais tombé amoureux d'une fille dont je savais qu'elle était fan de Depeche Mode. J'avais prétendu être fan moi aussi pour pouvoir la séduire, ce qui impliquait, à une époque où Internet n'existait pas, d'acheter tous les magazines les concernant pour étudier mon sujet de fond en comble et pouvoir ensuite, le plus naturellement du monde, à moitié affalé sur le banc dans la cour, l'air dégagé, asséner des phrases comme : *C'est dingue comme on perçoit la différence d'approche dans l'écriture entre Gore et Gahan* – ancêtre de *Mmhh on sent bien les levures*. J'étais tellement amoureux de cette fille que j'avais demandé à ma mère de me coudre le logo de Depeche Mode sur le dos de ma veste en jean. Quelques jours plus tard, je la voyais embrasser David Matthieu au fond de la cour, je les croiserais tout le reste de l'année main dans la main, mon logo Depeche Mode dans le dos. Et comme un fait exprès, ce DM dans mon dos était aussi les initiales de mon bourreau – version new wave des stigmates christiques. Quand certains se font tatouer sur la peau les initiales de l'être aimé, je me baladais, moi, avec les initiales de celui qui m'avait volé l'être aimé, et après tout, pourquoi pas, c'est une forme de déclaration d'amour comme une autre.

En repensant à Boyer, une éventualité se dessine. Et s'il s'agissait d'une simple erreur d'adresse ? Si l'enveloppe lui était en réalité destinée ? Ce qui serait crédible au vu de son âge, à soixante-cinq ans il n'aura toujours pas fait son examen et la CPAM l'aura relancé, et là, pof, plutôt qu'une histoire de logiciel défectueux, la bête erreur humaine. Alice, la demoiselle dont la mission consiste à apposer les adresses sur les enveloppes, s'est fait plaquer le matin même de la pire manière qui soit, par texto, avec une de ces phrases de rupture oulipiennes qui se veulent apaisantes et cicatrisantes mais ne font que vriller le cœur et le cerveau et les tripes, et qui par lâcheté frisent le surréalisme (*Je ne veux pas te perdre, adieu mon amour* ou bien *Toi et moi c'est pour la vie, tu dois m'oublier* ou bien *Je pars mais je resterai toujours*) et elle, Alice, devant ce texto, les mains tremblantes, les yeux humides, pouvant à peine lire les adresses sur les enveloppes devant elle, doit s'acquitter de sa tâche, il faut bien que le travail soit accompli, alors elle s'y attelle, avec courage et détermination mais les yeux brouillés, et voilà : enveloppe bleue chez moi. Et cette perspective me soulage en même temps qu'elle me rend le voisin soudainement sympathique, humain, faillible. Mais je déchante très vite : ça ne correspond pas au personnage. Ça ne lui ressemble pas. Comment un type aussi rigoureux laisserait-il passer un examen colorectal ? Comment un homme inquiet d'un grillage à 1,15 m se satisferait-il d'un côlon pas aux normes ? L'année de ses cinquante ans, il avait dû noter sur le calendrier du frigo – sans confettis – un ECR (pour examen colorectal) énigmatique au cas où des invités entreraient dans la cuisine.

Peut-être pourrais-je un jour lors d'un de nos apéritifs tenter d'amener le sujet de manière habile et détournée, au beau milieu d'une discussion, comme par exemple à propos du tri sélectif et du fait que certains dans le quartier ne le respectent pas. Il est souvent question d'un voisin, Lopez, qui a le don d'irriter monsieur Boyer, *Et vas-y que je te fous tout en vrac, allez sauver la planète avec des irresponsables pareils*, et là je pourrais placer une phrase telle que : *Ah non mais ça, c'est comme tout, regardez ce test de dépistage colorectal qu'on nous envoie à cinquante ans, ça doit en faire des déchets toutes ces enveloppes. Non ? Hein ? L'enveloppe colorectale, vous en pensez quoi vous ?*

Dans le garage, j'enlève deux-trois cartons, pousse des haltères (des haltères ? À quel moment avais-je acheté des haltères ? Dans quel but ? Lequel de mes moi s'était dit un jour Mon gars, le temps passe, il devient urgent de chercher un sens à ta vie, de trouver ta voie, tu dois acheter des haltères ?), débarrasse des piles de vieux vêtements et la trouve, tout au fond, ma batterie, la batterie de mes vingt ans, démantibulée, ramassée, tous ses éléments entassés les uns sur les autres, comme Jade et ses amies après avoir roulé sur le sol le soir du gala. Des toiles d'araignée sont apparues un peu partout, de la mousse a poussé, toute une vie autonome s'est développée, faune et flore ont pris leurs quartiers, des oiseaux y ont fait leur nid, un chimpanzé joue à monter et descendre le long du charleston tandis que celui qui semble être son frère se suspend à la cymbale, des antilopes vaquent paisiblement alors qu'un jeune gnou maladroit gambade derrière sa mère, des lionceaux jouent avec les baguettes posées par terre, çà et là des perroquets poussent des cris stridents.

Notre groupe s'appelait Nevrotic, et rien à l'époque ne laissait présager que ce nom, en ce qui me concerne du moins, serait prémonitoire. Nous évoluions dans un univers mêlé de romantisme noir, de poésie d'écorchés vifs et d'ostensible mal-être, Rimbaud, Lautréamont, Artaud étaient notre oxygène, la souffrance notre nourriture, nous étions fous, nous étions libres, le vent des infinis possibles soufflait sur nos cheveux épais, et tout de nous criait : *L'avenir ? Ah ah ah.* Peu après, le vent ne tarderait pas à tomber en même temps que nos cheveux épais.

J'ai rencontré Anna lors d'un de nos concerts. Quand j'y pense aujourd'hui, j'ai l'impression de parler d'autres personnes, imaginer l'Anna d'aujourd'hui à un concert de rock me semble aussi incongru que d'imaginer un vegan faire du tourisme dans un abattoir. Nous sommes la succession de personnes étrangères les unes aux autres qui, probablement, n'auraient pas grand-chose à se dire si elles se croisaient. Elle n'était pas venue pour nous voir, c'était un hasard, elle était simplement venue boire un verre avec son amie Laëtitia dans ce pub. Très vite, pendant le set, j'avais remarqué cette fille qui me regardait alors que personne, habituellement, ne regarde le batteur, caché derrière les autres musiciens, son attirail et ses cheveux, d'autant que je n'étais pas ce genre de batteur que la sueur rend sensuel, j'étais de ceux que la sueur rend simplement suants. J'en avais été tellement surpris que j'avais raté un roulement, qui plus est sur notre tube, *We're gonna die, we gonna stay* (*I'm so alone, the sky is grey / Full of my tears of yesterday / And in the dark we go away / We're gonna die, we gonna stay* – Solo). Après notre set, nous nous étions retrouvés à boire une bière ensemble adossés au bar, et les effluves de mes aisselles me remontaient et m'empêchaient d'être présent à la conversation, une seule pensée tournait en boucle, *Elle sent mes aisselles*, de sorte que je lui avais parlé avec les bras collés au buste, ne soulevant que l'avant-bras pour boire ma bière et fumer ma cigarette, vingt ans avant la main à l'oignon de Mel j'avais déjà des problèmes de bras, la malédiction de la paralysie des bras était déjà inscrite dans mes gènes. Nous nous étions quittés en fin de soirée, percevant, elle et moi, que quelque chose (outre mes odeurs d'aisselles) était passé entre nous, une onde, une vibration, une lumière imperceptible, rien en cet instant ne laissait présager que nous aurions à gérer un dessin de fornication maladroit, et si lors d'une première rencontre on présentait aux deux futurs amoureux un échéancier prévisionnel des événements à gérer à deux, comme on le fait pour les remboursements d'emprunt, on porterait un coup fatal à la natalité, et voilà peut-être la solution pour endiguer la surpopulation désastreuse vers laquelle on s'achemine lentement mais sûrement. Anna m'avait dit *Bon ben... à bientôt* et l'intonation de fin se situait à mi-chemin entre l'affirmation et l'interrogation de sorte que j'en avais été perturbé et n'avais pas su la négocier, j'avais bredouillé *D'accord*, un *d'accord* presque administratif. Et ce *d'accord* aurait dû lui mettre la puce à l'oreille, un petit Milou sur l'épaule aurait dû lui chuchoter *Ce type a un problème de communication, il ne saura pas, il n'y arrivera pas, fuis ma vieille, fuis !* Le soir, seul dans mon lit, grisé par cette rencontre, j'avais répondu à son *Bon ben... à bientôt* d'une longue tirade romantique et bouleversante qui, pour être romantique et bouleversante, n'en était pas moins tardive.

Je reste un instant devant ma batterie, observant les deux jeunes chimpanzés en pleine course-poursuite sur les branches du baobab et je me sens subitement désœuvré, ne sachant que faire de moi, et je dois lutter contre une envie tenace de rappeler la CPAM.

J'entre dans la chambre de Tristan, il est allongé sur son lit en train de regarder je ne sais quoi sur son téléphone portable, je déambule les mains dans les poches comme je déambulerais dans les allées d'un musée, lançant des regards distraits comme autant de flèches perdues, détaille sa bibliothèque et ses livres au rangement hasardeux où des mangas (*One Piece*, *Naruto*) côtoient des classiques scolaires (*Le Horla*, *La chartreuse de Parme*), ses habits éparpillés par terre, sa guitare électrique dont on devine qu'elle finira comme ma batterie (*Bonsoir, on s'appelle Apathic et ce soir on ne va pas jouer, on va consulter nos portables !*). Lui ne semble pas remarquer ma présence, toujours plongé dans son téléphone. Sur ses murs des photos épinglées sans aucun souci d'harmonie, des photos de lui en train de faire du VTT, de lui au milieu de son groupe d'amis en train de prendre des poses mi-agressives mi-satisfaites, de lui en train de sauter d'un rocher dans la rivière. Un jour à table, je lui avais demandé *Tu n'as pas envie de mettre des posters dans ta chambre ?* Et il m'avait regardé comme si je parlais une autre langue, *Des… posters ?* Et j'avais compris à son regard que je venais de prononcer une phrase qui aurait pu s'apparenter à *Tu n'as pas envie d'aller à l'école en calèche ?* Ou bien *Tu veux encore un peu de baies pour terminer ton mammouth ?* En le voyant là, affalé, plongé dans un programme dont je ne sais rien, la phrase qui me traverse est : voilà, le déclin de l'Occident. Et peut-être que ça m'arrange de voir le déclin de l'Occident pile à ce moment-là, au moment de lui parler de son dessin, de mon rendez-vous avec sa professeure, voir la forêt plutôt que l'arbre. Donnez-moi tous les problèmes à résoudre, la fonte des glaces, le grand effondrement, de grandes causes, de grands combats, tout plutôt que la levrette.

Tristan, il faut que je te parle, voilà, j'ai rencontré Mel, tu sais, ta professeure d'anglais, à propos de ton dessin, oui, ton dessin, ne fais pas l'innocent, et donc ta mère et moi, car oui, tu auras remarqué que depuis le début de ton adolescence le *nous* n'existe plus quand il s'agit de parler de choses sérieuses avec ta sœur et toi, le *nous* a été remplacé par *ta mère et moi*, ou *ton père et moi*, c'est selon, encore que ce dernier ait beaucoup moins de force en ce qui nous concerne, quand Anna dit *ton père et moi*, c'est un peu comme si

Napoléon, pour exposer ses plans, avait introduit son annonce par *Écoutez, le chef cuisinier de la garnison et moi avons décidé d'envahir la Russie*. Le *ta mère et moi* est une sorte de *Jacques a dit* qui donne du poids à l'annonce qui suit, en décuple la puissance, une phrase précédée de *ta mère et moi* ne se discute pas, ne se négocie pas, elle s'impose, à tel point que je me demande pourquoi on n'emploie pas cette expression ailleurs que dans le foyer, à d'autres interlocuteurs que ses enfants. Monsieur Verdier, voilà, ta mère et moi avons décidé de poser des jours en mai pour aller faire du paddle à Biarritz. Écoutez monsieur le gendarme, ta mère et moi vous assurons que je roulais à 80. Plus fort encore que le *ta mère et moi*, le *ta mère et moi avons réfléchi et*, on ne peut rien derrière une longue réflexion entre ta mère et moi. Et donc voilà, ta mère et moi avons réfléchi et nous aimerions que tu pèses toutes les conséquences de ton acte inqualifiable, et pour ça nous avons décidé d'appliquer une sanction, voilà, tu es privé de portable durant une semaine afin de pouvoir réfléchir posément à tout ça et accessoirement remettre l'Occident sur pied.

Mais non, rien, rien du tout, tout ce que je trouve à dire alors qu'il finit par lever les yeux vers moi, étonné que je tourne en rond dans sa chambre comme un lion en cage, sans raison apparente, tout ce que je trouve à dire c'est : *Ça va ?* Ce à quoi il répond, flegmatique, *Labès*, avant de retourner à son écran, et je comprends que ça n'est pas encore ce soir que j'infléchirai la courbe de l'Occident.

Je sors de sa chambre, comme j'y suis entré, un courant d'air, les dix minutes les plus inutiles de l'histoire de l'humanité, en dix minutes Stendhal avait déjà écrit une page de *La chartreuse de Parme*.

Tu as parlé à Tristan ? Écoute, pas tout à fait, pas au sens où tu l'entends, nous avons communié, nous avons opté pour la complicité silencieuse, au déclin de l'Occident nous avons opposé une relation père-fils faite de suspension, de pointillisme, nous avons suggéré, nous avons dessiné en creux, quelque chose qui vient de loin, qui a traversé les âges, c'était très fort, organique, poétique, nous avons réinventé le concept d'arbre à palabres des vieux villages africains et en avons fait une version moderne, tout en nuances. Non, en réalité Anna, ta mère et moi n'avons pas encore parlé à Tristan, ta mère et moi n'y arrivons pas, ta mère et moi en sommes incapables.

Il sort avec Lila, je suis sûre qu'il sort avec Lila, depuis qu'elle lui tourne autour cette grosse pute elle a fini par l'avoir, Jade répète ça en boucle, je lui demande qui est Lila, comme si c'était vraiment primordial, elle me répond *Une grosse pute* et je comprends que je n'aurai pas d'autre information sur la personne en question et après tout, si ça la caractérise, pourquoi pas, je ferai avec, une grosse pute, d'accord, et j'évite de lui dire que, selon ma théorie des prénoms à fleurs, on ne peut rien faire contre une fille qui s'appelle Lila, fût-elle la plus grosse des grosses putes.

Elle me demande alors d'aller allumer un cierge pour que Lila meure. Cette requête me prend de court, je reste un instant interloqué. *Jade, on ne peut pas allumer un cierge pour que quelqu'un meure, ça n'est pas le... concept du cierge...* Elle me lance un regard chargé tout à la fois de stupéfaction et de haine, semble soudain ressusciter, se ranimer, et se met à m'invectiver de sa voix usée par les larmes, *Je croyais que tu étais prêt à tout pour moi ? C'est ça ? C'est ça ton rôle de père ? C'est de te défiler dès que je te demande un service ? Je te demande jamais rien putain !* Je tente de la calmer, je lui dis d'accord, d'accord pour retourner à l'église, d'accord pour la prière, d'accord pour le cierge, mais pas pour qu'elle meure, ça je ne peux pas, trouvons un compromis. Elle me fixe en silence, comme une lionne évalue la distance entre le jeune gnou et elle. *Alors disons dans le coma. – Non plus, pas dans le coma.* S'ensuit alors une interminable négociation de marchands de tapis complètement surréaliste : *Alors handicapée — Non plus, pas handicapée, un peu blessée tout au plus — Une blessure qui s'infecte, on doit l'amputer — Non, la blessure ne s'infecte pas, elle lui fait rater le lycée pendant un mois — Six mois, et elle revient isolée, terne et déprimée, personne ne veut même plus l'approcher parce qu'elle a une horrible cicatrice qui lui barre le visage — Non.* Nous finissons par tomber d'accord sur borgne. Je ne suis pas fier d'avoir cédé pour borgne mais cette discussion m'a épuisé, comme m'épuise tout ce que je vis depuis l'enveloppe, ça n'est pas rien de prendre quatre ans en quelques jours, il faut que le corps encaisse. On s'épuise beaucoup plus vite à quarante-six ans bientôt cinquante ans qu'à quarante-six ans tout court.

Je n'ai toujours pas ouvert l'enveloppe, et je sais que je ne l'ouvrirai pas. Pourquoi l'ouvrirais-je ? Ouvrir l'enveloppe reviendrait à admettre la situation, à capituler, à commencer à envisager de lui donner une fonction, une réalité, une raison d'être. Je me contente de la sortir de temps à autre de mon tiroir afin de l'examiner sous toutes les coutures, je la palpe et devine à l'intérieur comme un objet rectangulaire, et je suis tiraillé entre l'envie de découvrir de quoi il s'agit et la politique de l'autruche, non, cette enveloppe ne m'est pas adressée, elle n'a aucun lien avec moi, on n'ouvre pas un courrier reçu par erreur. Je me surprends à éprouver une sensation surgie de très loin, de l'époque où j'ouvrais mon Kinder Surprise, et comme l'adage selon lequel le meilleur moment de l'amour est celui où l'on grimpe l'escalier, le meilleur moment du Kinder était celui où l'on découvrait la capsule jaune, car tout de suite après, c'était la déception assurée, tout retombait, pour la énième fois la petite voiture rouge à laquelle il fallait accrocher les roues noires, et puis voilà, c'était fini, Kinder, en avant la déception. Peu à peu on était de moins en moins déçus car on avait de moins en moins d'attente et c'est peut-être la meilleure école de la vie, apprendre à dompter la déception, l'apprivoiser, puisque de toute façon elle jalonnera notre vie, plutôt la maîtriser que de tenter de l'éviter, instaurer une matière dès le collège, *Tu as quoi là ? — Maths puis deux heures de déception*, cours pendant lequel on ouvrirait des Kinder Surprise à la chaîne, et il n'y aurait que des voitures rouges avec les roues noires à accrocher et on oraliserait *Pouaah comment c'est nuuuuul !*, intégrant ainsi progressivement la notion de désillusion.

Pour les quarante ans de Denis, Béatrice lui avait organisé un anniversaire surprise, elle avait trouvé judicieux de faire ça dans un bar karaoké – je soupçonne Denis et Béatrice de se creuser la tête pour tenter de ne me proposer que des activités qui sont aux antipodes de mes aspirations. Tous les collègues de Denis étaient là, tous des Denis eux-mêmes, ça en était presque effrayant, des quadras en chemise bleu clair, épaules larges, tous beaux, souriants, le regard tendu vers un avenir prospère, j'avais la sensation de m'être trompé de porte en me rendant à une réunion des Taciturnes Anonymes et de débarquer par erreur au beau milieu d'une réunion du Rotary Paddle Club, j'étais si peu feng shui au milieu de ce bar que je détraquais à moi tout seul l'équilibre des ondes festives et la Terre avait dû vaciller durant un quart de seconde sur son axe. Comme je l'appréhendais, à un moment de la soirée, un des invités avait lancé l'idée saugrenue que tous les hommes (pourquoi seulement les hommes, aucune idée) devaient aller sur scène pour une chanson ensemble, je m'étais alors retrouvé au milieu de types qui me dépassaient tous d'une tête, ravivant des souvenirs de ces photos de classe, moi devant avec les filles pour qu'on me voie, nous nous tenions tous par les épaules en signe de notre indéfectible amitié et ils avaient opté pour *I Will Survive*, et contrairement à Gloria Gaynor, je n'étais, moi, pas tout à fait certain de survivre à ça. Je faisais semblant de chanter, sourire crispé, le corps raide et tétanisé, tentant de faire corps avec mes nouveaux amis, montrer que, tout comme eux, j'étais en train de passer l'un des moments les plus joyeux de ma vie, et les trois verres de vin que j'avais avalés à la chaîne dès que j'avais senti arriver le drame ne suffisaient pas à me détendre, j'avais la désagréable sensation que tous dans le bar ne regardaient que moi avec un mélange de honte, de malaise et de sentiment d'instant gâché et Anna se demandait probablement à quel moment elle avait décidé de fonder une famille avec moi. Quand était arrivée la ritournelle de fin de la chanson, tous s'étaient subitement mis à sauter à pieds joints sur place, et le temps que je réalise que je devais faire pareil, je m'étais déphasé, j'étais au sol quand les autres étaient en l'air et vice versa, tentant désespérément d'inverser le mouvement, l'air paniqué et complètement débordé. Au repas suivant chez Denis et Béatrice, nous avions eu droit aux vidéos de la soirée et m'avait traversé l'image de ces animaux d'abattoir qu'on n'a pas réussi à tuer d'un coup et on est obligé de s'y reprendre à deux fois.

Je continue de palper le petit objet rectangulaire et je me dis que chaque enveloppe de résultats d'analyses médicales devrait s'accompagner d'une surprise pour faire passer la pilule. Merde, mon taux de transaminases est anormalement élevé, heureusement que j'ai la voiture rouge avec les roues noires qui s'attachent.

Il y a là Fernando, Jacobo, Miguel et le vieil Octavio qui parle dans sa barbe en continu en chassant nos phrases de sa main comme on chasse les mouches, et nous refaisons le match, en terrasse, à l'ombre, en buvant des cafés que nous apporte Jose Luis, qui lui nous lance de brèves analyses en criant puis repartant comme il est apparu. Hier soir c'était Club Atlético Boca Juniors – Sao Paulo FC et notre équipe a subi une grosse défaite (*illogique* semble être le mot dominant), 4-2, tout le monde est sur les dents. De temps à autre, les enfants font une pause dans leur match et viennent nous écouter, attentifs et amusés, le petit Pablo entoure mon cou de son bras en écoutant la conversation, ici les enfants sont très tactiles, ici aucun mur entre les générations, pas de jeunes, pas de vieux, des peaux tannées par le soleil, du café, du foot et tout se mêle dans des *Joder, Fernando, pero qué puta madre de partida nos han hecho, cabrón ?!* ce genre de phrases qui chantent et dansent et sentent la vie à plein nez et une voiture derrière moi klaxonne, le feu est vert, oui c'est bon j'ai vu, du calme, tu vois pas que je suis à Buenos Aires ? Et qu'importe que je déteste le foot, qu'importe que je n'y connaisse rien, qu'importe que je ne sache pas parler espagnol, à Buenos Aires le foot est ma passion, ma religion, et je le commente d'un espagnol parfait et populaire, celui de la rue, des bars, des bidonvilles et des putes bruyantes au parfum pénétrant. Quand on habite un fantasme, la moindre des politesses est d'avoir le bagage adéquat, il faut entrer dans un rêve comme on fait du tourisme : en respectant les us et coutumes du pays, humble et polymorphe.

J'arrive devant le parvis de l'église où deux ados font du skate, ou plutôt : l'un des deux fait du skate pendant que l'autre le filme avec son téléphone. Le skateur répète invariablement la même figure : il saute de son skate en lui faisant faire deux ou trois pirouettes avant que celui-ci retombe à l'envers et lui pieds joints à côté. Dix fois, quinze fois de suite, il réitère l'expérience avec le même résultat et je lui dis mentalement : *Voilà, c'est bien, entraîne-toi, habitue-toi à ça, dans la vraie vie rien ne retombe jamais à l'endroit.* À moins que la figure recherchée consiste précisément à ce que le skate retombe à l'envers et lui pieds joints à côté, hypothèse qui n'est pas à exclure, je ne suis pas spécialiste, dans ce cas chapeau l'artiste.

Je salue Notre-Dame d'Espérance comme si nous étions désormais elle et moi de vieilles connaissances qui prenaient le thé chaque semaine dans un rituel immuable et douillet, *Ça va la santé, la famille, le petit pousse bien ?* J'allume un cierge, deux euros, et me mets à prier. J'ai quarante-six ans presque cinquante et je suis en train de prier pour qu'une ado de dix-huit ans que je n'ai jamais vue de ma vie devienne borgne. Tout va bien.

En sortant de l'église, je suis pris d'un sentiment de malaise : le prénom, je me suis trompé de prénom, j'ai allumé un cierge pour Lisa (plutôt *contre* Lisa), et non Lila, j'ai prié durant un quart d'heure pour que Lisa devienne borgne, une Lisa innocente, qui n'a rien demandé à personne, qui si ça se trouve n'est même pas une grosse pute, sur qui le sort va s'acharner sans pitié alors qu'elle vivait sa vie paisiblement, sans vagues, elle avait des amis, une vie, son journal intime, sa série favorite, et se mettent alors à résonner dans ma tête les paroles de *Comme toi* de Jean-Jacques Goldman. Demain matin, quelque part dans un coin de France, par ma faute, une innocente va se réveiller borgne.

La première chose que je fais en arrivant au bureau est de taper *Lisa borgne* sur Google Actualités, je me regarde taper ça et me trouve ridicule mais ce geste m'apparaît comme une nécessité, je ne peux pas ne pas le faire, comme une superstition, si je ne l'avais pas fait, quelque chose en moi aurait continué à croître, à s'agglomérer, en boule de neige, ce truc que j'aurais consciemment oublié, et dont je n'aurais jamais su qu'il était la cause de mon mal, et donc pas de signe de Lisa borgne, je suis rassuré. On devrait toujours s'inventer des angoisses insensées pour les déconstruire dans la foulée et se sentir léger. Mon oncle racontait souvent cette histoire dans les repas de famille, *Pourquoi tu te tapes sur la tête avec ton marteau ?* Et l'autre répond *Parce que ça va mieux quand j'arrête*, cette blague me faisait beaucoup rire, alors que ça n'est pas une blague, c'est un des préceptes de survie : créer du pire pour générer du mieux, et Lisa allait très bien, jusqu'à nouvel ordre elle avait toujours ses deux yeux. Je me mets à naviguer distraitement de lien en lien et, sans que je sache bien pourquoi, cette histoire de prostate vient me hanter à nouveau. Je tape machinalement le mot *prostate* et tombe sur quelques sites médicaux et pseudo-médicaux, je clique sur Doctissimo et me traverse l'idée de créer un compte anonyme (*Prostate75*) pour poster une question sur le forum – *Bonjour, quelqu'un parmi vous a-t-il déjà reçu un test de dépistage colorectal avant 50 ans (même si je sais que ça n'a rien à voir avec la prostate)? Merci* – idée que j'abandonne aussitôt, pour une bête raison de paranoïa, je crains que des hackers remontent jusqu'à moi et me fassent chanter (*Nous sommes au courant pour votre test de dépistage colorectal prématuré, versez-nous 500 euros si vous ne voulez pas que la nouvelle s'ébruite*, smiley aussi souriant que menaçant), on peut pirater le compte du Pentagone, alors l'identité de *Prostate75*, n'en parlons pas. En parcourant le forum, je relève un élément qui revient de manière assez fréquente en guise de « préventif naturel » : les graines de courge. Je découvre l'existence de ce truc, visiblement c'est quelque chose qui se vend, s'achète, voire se mange, et je me visualise devant une ferme, le vent du Larzac dans mes longs cheveux gras, entouré de Brise perpétuelle et Lotus astringent (mes enfants), nous affairant autour de deux ou trois chèvres, les trayant les unes après les autres, éclatant de rire à intervalles réguliers, comme ça, pour rien, parce que nous ne sommes pas en mesure d'endiguer notre bonheur, rendant grâce à la vie pour tous les bienfaits qu'elle nous offre chaque jour, et Prairie sempiternelle, mon épouse (ou une autre de mes épouses car dans notre communauté la notion d'appartenance et de monogamie reste un concept bourgeois et rétrograde), Prairie sempiternelle me dit de sa voix douce et posée, *Tu as pris tes graines de courge, Prostate ensoleillée ?*

Je retourne voir ma batterie, comme tous les jours depuis quelque temps, comme un pèlerinage qui m'apaise et me plonge dans un état gentiment mélancolique. Que se passerait-il si je la remontais au milieu du salon et me remettais à jouer ? Quelle serait la réaction d'Anna, Jade et Tristan ? À n'en pas douter, passé l'expression de surprise, je n'aurais droit à aucun mot, aucune remarque, ils retourneraient à leurs occupations comme on évite le regard d'un mendiant dans la rue, comme ils tournent la tête vers la vitre quand j'imite le loup des tunnels, faisant comme si de rien n'était, comme si un type de quarante-six ans presque cinquante n'était pas en train de produire un bruit assourdissant au milieu du salon, l'air hilare et concentré. Ne faites pas attention les enfants, faites comme s'il n'était pas là, il finira bien par s'arrêter. Au début, Anna aimait bien m'écouter jouer – du moins : tolérait que je joue, personne n'aime réellement écouter quelqu'un jouer de la batterie tout seul, de la même manière que personne n'aime boire son café à la fenêtre en écoutant le bruit des marteaux-piqueurs. Mon côté *artiste* la faisait vibrer, je crois. Et puis un jour, sur un ton se prétendant anecdotique, elle avait proposé, comme ça, *Tu serais pas mieux au garage pour jouer ?* Instantanément j'avais compris que nous avions changé d'ère. Et l'ère suivante serait logiquement : *Y aurait pas moyen d'insonoriser le garage ? Parce que là…* De là, ma batterie avait entamé sa reconversion en tant qu'installation post-moderne dans un coin du garage, une pièce maîtresse intitulée *Requiem pour un temps passé* faite d'entassement anarchique de mes fûts, mes cymbales et ma jeunesse.

Je sors le portable de ma poche et envoie un texto à Vincent, sur un coup de tête, de manière presque épileptique. *Viens on remonte Nevrotic*. Une fois le message envoyé, je me sens gonflé d'une énergie nouvelle, un large océan s'ouvre devant moi, mais pas l'océan de Biarritz, non, un autre, plus vaste et lumineux et gorgé de possibles, un horizon sans fin, un océan dépourvu de paddle. Un projet, j'ai un projet, pour la première fois depuis bien longtemps, une force qui me tire vers l'avant, une vague aspirante, un souffle, un élan que rien ni personne ne peut interrompre.

Vincent était le chanteur du groupe, et faute d'avoir le talent de sa grande idole Kurt Cobain, il en avait hérité les jeans déchirés et les cheveux méticuleusement décoiffés – c'était déjà ça. Il lui empruntait de surcroît une gestuelle faite d'autodestruction à long terme et un regard minutieusement perdu qui disait *J'en ai rien à foutre de rien, je pourrais très bien mourir là, sous vos yeux, regardez comme j'en ai rien à foutre*, et j'éprouvais toujours une sorte de gêne quand, entre chaque morceau, il se lançait dans une présentation-commentaire-explication de texte, la plupart du temps débutant par *Le morceau suivant me tient particulièrement à cœur*, de sorte que tous semblaient lui tenir particulièrement à cœur, puis il se lançait dans un laïus abscons pendant lequel je faisais semblant de régler mes cymbales pour n'avoir pas à affronter le regard éberlué des spectateurs. Sa grande fierté était de s'être saoulé toute une nuit sur la tombe de Jim Morrison au Père-Lachaise, il le brandissait comme étendard à la moindre occasion, même quand le contexte ne s'y prêtait pas. La dernière fois qu'on s'était vus, c'était il y a un an environ, il passait dans le coin pour raisons professionnelles, on avait bu un café en terrasse en refaisant le passé, il avait pris de l'embonpoint, avait perdu des cheveux, mais la lueur dans son œil était encore là, j'avais mal saisi l'intitulé de sa fonction si ce n'est qu'il s'agissait d'une entreprise de systèmes de sécurité, je devrais le présenter à mon voisin, ils deviendraient les meilleurs amis du monde (*Ah ça, les cambrioleurs qui se noient, ne m'en parlez pas, un vrai fléau, surtout avec le retour de la chaleur, on en repêche à la pelle*).

Quelques minutes plus tard, sa réponse tombe, sans appel : trois smileys qui pleurent de rire. Manifestement il a cru à une blague. Comme si ça ne pouvait être autre chose, comme si la probabilité que j'aie proposé ça de la plus sérieuse des manières était proche de zéro, et je réalise devant sa réponse toute l'absurdité de mon message, aussi déplacé que si, subitement, trente ans après, j'avais envoyé à mon être aimé du lycée *Viens on va voir Depeche Mode en concert*, ou à Lucille *C'est bon, j'ai terminé* Le Tao de l'art d'aimer, *très très intéressant...* – smiley clin d'œil.

Déposant les armes et touché dans mon orgueil, je réponds moi aussi par trois smileys qui pleurent de rire pour sauver le résidu de dignité qu'il me reste. Ah ah ah, voilà, on s'est compris, c'était une blague, j'étais sûr que ça te ferait rire, qui aurait envie de reformer à quarante-six ans presque cinquante le groupe de ses vingt-cinq ans ? Ah ah ah, qu'il est bon de rire et ne dit-on pas qu'un rire est l'équivalent d'un bon steak même si je n'ai jamais saisi exactement les tenants et aboutissants de cette théorie ? À quoi m'attendais-je au juste ? Un enthousiasme délirant ? Des coups de fil frénétiques échangés avec les autres membres du groupe, des retrouvailles euphoriques, une architecture qui se remet progressivement en ordre, un crescendo d'adrénaline surgi tout droit des bancs de la fac ? C'est parti, tiens-toi prêt, monde, à accueillir la déferlante, à prendre en pleine face un phénomène sans précédent, tu vas voir ce que tu vas voir ! Et m'apparaissent des images du spectacle de cabaret de Jade, je nous vois, dans un bar de province, fiers et volontaires, face à quinze personnes, dont une qui vient sur chaque morceau exécuter devant nous une chorégraphie de funk maladroit, toujours la même, sa bière se déversant par salves sur nos amplis, je vois des manches de guitare se cogner les uns aux autres, des faux contacts comme des virgules, des larsens qui fusent, la machine à fumée détraquée qui n'expulse que la valeur d'une taffe de cigarette, et entre chaque morceau nous allons faire pipi à tour de rôle, et Vincent annonce au micro *Le prochain morceau me tient particulièrement à cœur, il parle de graines de courge* – Prostatic en concert près de chez vous. Peu à peu la salle se vide, nous sommes mardi soir, ne restent que les trois habitués, les piliers, l'un d'eux vient beugler du AC/DC en yaourt dans le micro pendant que nous essayons péniblement de l'accompagner sans oser l'interrompre parce qu'il a un physique de biker et qu'il est passablement éméché, et la soirée dégénère en un karaoké pour trois et nous sommes fatigués mais heureux parce que c'était une soirée incroyable, merci bonsoir ! Trois smileys qui pleurent de rire, et c'est finalement peut-être mieux comme ça et tout se referme, les projets, les infinis possibles, les vagues aspirantes et des paddle font leur apparition çà et là à la surface de l'océan comme des corps noyés.

Mon regard se brouille à force de regarder, soupeser, évaluer, comparer les différentes marques de whisky, planté devant le rayon depuis une bonne dizaine de minutes sans parvenir à me décider, tentant laborieusement d'attribuer des moyennes pondérées incluant des paramètres tels que : prix (il ne doit pas être bon marché, mais pas hors de prix non plus), marque (il se doit de sonner « vieux village d'Écosse et murs de pierre »), ou forme de la bouteille. Je penche mollement pour un Dalwhinnie qui me semble un bon compromis, quand je l'aperçois de l'autre côté de l'allée et, inexplicablement, tout mon corps se met en branle. Elle ne m'a pas vu et, quand bien même elle m'aurait vu, rien n'indique qu'elle me remettrait. Par réflexe, je jette rapidement un œil au contenu de mon caddie afin de vérifier que ne s'y trouve pas un achat qui pourrait me compromettre, papier hygiénique ou shampoing anti-chute pour hommes. Rien de tout ça, l'honneur est sauf. Étrangement, mon regard se focalise sur le fromage. Et la présence de ce fromage me gêne, sans que je sache exactement pourquoi, il dit de l'intime, il dit nous mangeons du fromage, il dit notre haleine, la lame de notre couteau, nos doigts sentent le fromage, il dit de l'empreinte, de la trace, des effluves, et peut-être qu'après le traumatisme de la main à l'oignon j'aspire à du neutre, de l'aseptisé, de l'inodore, un caddie d'accessoiriste hollywoodien. Je rebrousse chemin pour aller le poser, et quand je reviens elle a disparu, je suis pris de panique, me mets à hâter le pas à travers les rayons comme si ma vie en dépendait, pourquoi suis-je allé poser le fromage, après tout ça n'était pas primordial, j'aurais pu me contenter de le cacher sous d'autres produits, et puis je l'aperçois, elle semble hésiter entre différentes marques de café, me voilà rassuré. Je mime la surprise quand nos regards se croisent, nous nous rapprochons, nous serrons la main – moi de ce bras droit jadis paralysé, mais qui semble Dieu merci avoir retrouvé ses fonctions – *Vous n'avez plus d'infirmité ? — Non non, c'est bon, je suis allé prier Notre-Dame d'Espérance, c'est réglé.* Un bref silence s'installe et je réalise soudain que nous n'avons en commun qu'un dessin obscène et c'est finalement assez mince comme base de discussion – *Alors finalement, ce dessin, avec un peu de recul, vous le trouvez comment ?*

C'est elle qui entame la discussion, *Tristan va bien?* Ça n'est pas terrible comme entrée en matière mais je lui suis reconnaissant de s'être jetée à l'eau quand j'allais, moi, asphyxié par le silence, lâcher en pleine panique un *Vous faites les courses?* qui aurait été un véritable fiasco. Je lui réponds que oui, qu'on a beaucoup discuté, qu'il s'est rendu compte de sa faute, et je me regarde mentir avec un aplomb imperturbable, je mets en scène ce qui aurait dû être si j'avais joué mon rôle de père, je parle d'un psychologue que j'ai contacté et qu'on devrait bientôt aller voir, j'espère que ça va lui faire du bien. Elle acquiesce, ponctuant mes mensonges de réguliers *C'est bien c'est bien*, et j'ai envie de prolonger ce moment sans trop savoir comment. *Ça vous dit d'aller acheter des maquereaux au rayon poissonnerie avec moi?* Je la trouve plus belle encore que dans la salle de classe, débarrassée de tout signe extérieur d'autorité, de sanction. Nous allons échanger nos caddies par mégarde, finir par nous retrouver à la caisse, éclater d'un rire franc et complice, nous regarder tendrement et nous irons chez des amis leur proposer de faire du paddle à Biarritz.

Elle me précise qu'elle vient peu souvent ici, en général elle va à la Biocoop, et je réponds *Oui c'est quand même plus sain*. Je ne peux m'empêcher de regarder discrètement son caddie que j'interprète un peu bêtement comme un caddie de célibataire. Mon regard glisse alors machinalement vers le mien, et je me sens devenir livide : j'ai oublié de poser le sachet de graines de courge. C'est horrible. Elle va le voir, elle va forcément le voir, son expression va se figer, elle va lever vers moi des yeux déçus inquiets chamboulés incrédules. *Vous avez des soucis de prostate ? — Non, écoutez, je peux tout expliquer, d'une part le courrier n'avait absolument rien à voir avec ça, j'ai fait une bête association d'idées, d'autre part il y a de grandes chances pour que ce soit une erreur de destinataire, croyez-moi, ça arrive fréquemment dans les administrations, je n'ai que quarante-six ans, c'est forcément une erreur, vous avez déjà entendu parler de logiciels défectueux ?* Mais elle ne semble pas relever les graines de courge, elle finit par me souhaiter une bonne journée et je la regarde s'éloigner, impuissant. J'aurais dû la retenir, d'une manière ou d'une autre, la captiver, avec un détail, une anecdote, n'importe quoi, entrer par effraction dans son univers, m'insérer dans son domaine de prédilection, l'anglais, comme je l'avais fait pour ma petite fan de Depeche Mode, lui réciter quelques vers (comme le disait si bien ce célèbre poète des Cornouailles dont le nom m'échappe, *I'm so alone, the sky is grey / Full of my tears of yesterday / And in the dark we go away / We're gonna die, we gonna stay*), puis je l'aurais vue embrasser le poissonnier.

Je m'approche de la caisse. La caissière s'appelle

Éliane, c'est écrit sur son badge, et je me demande toujours pourquoi les caissières ont leur prénom écrit sur un badge, plutôt : je me demande pourquoi nous n'avons pas tous un badge avec notre prénom écrit dessus. Éliane fait passer les produits devant la lumière rouge, l'air absent, elle marmonne quelque chose qui ne semble pas m'être adressé (*Elle passe sa vie en pause celle-là…*). À douze ans, en 1983, elle voulait être danseuse après avoir vu *Flashdance*, Jennifer Beals ornait le mur de sa chambre, et tous les soirs en rentrant de l'école, elle transpirait devant son miroir en reproduisant la chorégraphie de son idole sur *Maniac* – du moins s'imaginait-elle qu'elle la reproduisait. Quelques années plus tard elle épousera Pascal qui en 1986 rêvait de devenir pilote de ligne après avoir vu *Top Gun* (*Maverick, vous êtes fou, vous êtes dangereux*), en attendant d'intégrer une école de pilote il avait commencé par acheter les mêmes lunettes et le même blouson aviateur que Maverick, c'était un bon début, il travaille aujourd'hui au Crédit Agricole. Éliane et lui ont un fils qui rêve de devenir rappeur après avoir vu *8 Mile*. Savez-vous que pour ma part j'ai failli devenir un batteur de renom ? Venez Éliane, unissons nos chemins perdus, partons à Buenos Aires, vous aussi vous pouvez passer votre vie en pause si le cœur vous en dit, qui nous empêche d'aller refaire le match, Éliane ? De toute façon, ici ou ailleurs, on passe sa vie à refaire le match. Et le paquet de graines de courge a visiblement du mal à biper devant la lumière rouge, elle va appeler une vendeuse au micro, sa voix va résonner dans tout l'hypermarché – *Cindy tu as le prix des graines de courge pour le monsieur qui a reçu un test de dépistage colorectal ?* Mais comme Cindy est en pause, elle ne l'entendra pas, alors Éliane le répétera plusieurs fois de suite, augmentant chaque fois un peu plus le volume du micro.

En rangeant les courses, Anna me fait remarquer que j'ai oublié le fromage.

Nous venons dans ce pub assez régulièrement, une fois par semaine, souvent le jeudi, après le bureau, pour boire une bière avant de rentrer, sans que ce rituel soit explicitement décrété. Je sens bien que François m'y entraînerait tous les soirs si j'étais davantage disponible. Nous sommes accoudés au bar et je le vois lorgner la serveuse qui semble être nouvelle, aussitôt je sens son radar de chasse se mettre en alerte, son expression change imperceptiblement, ses sens s'éveillent, comme prêt à bondir sur sa proie, et alors qu'elle pose nos deux bières sur le comptoir, il lui dit sans le moindre préambule, *Saviez-vous que l'origine du sida viendrait peut-être d'une grande campagne de vaccination contre la polio en Afrique durant l'après-guerre ?* Il lui dit ça avec un sourire charmeur comme s'il venait de lui déclamer une tirade d'une beauté et d'un romantisme à couper le souffle (Cyrano, mourant, disant à

Roxanne *Non, mon cher amour, je ne vous aimais pas)* et je ne sais plus où me mettre, la serveuse cherche une explication, une clé, un soutien dans mon regard que, lâchement, je m'empresse de plonger dans ma bière, signifiant par là *Désolé ne comptez pas sur moi, moi-même je ne sais pas quoi faire de cette situation.* François continue de la fixer de son air enjôleur, attendant probablement que la jeune fille, après une telle déclaration d'amour, lui tombe dans les bras et l'embrasse à pleine bouche, *Mmmhh ouiii parle-moi encore des origines du sida.* Elle finit par répondre, diplomate, *Ah non je savais pas*, avant d'aller servir un client à l'autre bout du bar. François me tend sa bière pour trinquer, l'air satisfait, persuadé d'avoir marqué un point, l'œil brillant et le sourcil levé qui semblent dire : *Prends-en de la graine mon garçon !* Qui d'autre que François aborde les filles en leur parlant des origines du sida ? Peut-être se dit-il que la culture est un bon moyen de séduction, et moi qui me suis toujours considéré comme un handicapé du lien social, à côté de lui je suis un golden boy. Alors oui, bien sûr, *J'ai contacté un psychologue, ça va lui faire du bien*, tout ça n'est pas de haut vol, et Mel n'a pas dû me trouver d'une pertinence rare, mais au moins ai-je le discernement nécessaire pour voir que, non, les origines du sida, décidément, non, aux côtés de François je me sens toujours un peu avant-dernier de la classe et c'est déjà ça de gagné.

Sa femme Christine l'a quitté il y a deux ans pour un chiropracteur, et je remarque qu'on nomme toujours par sa fonction celui pour qui l'on est quitté, comme si la fonction était déterminante dans la séparation, comme si le fait qu'il soit chiropracteur avait son importance, un chiropracteur, ben voilà, ça m'étonne pas, ça, ils en ratent pas une ceux-là. Plutôt que de s'effondrer, plutôt que d'aller voir Notre-Dame d'Espérance et allumer un cierge pour que le chiropracteur perde un œil comme l'aurait fait n'importe qui, il l'avait admis, intégré, digéré, même si je ne doute pas qu'il en avait été meurtri et l'avait couvé dans son ventre comme un poison brûlant, mais il s'était aussitôt remis en selle, fût-ce une selle provisoire, dans un réflexe de méthode Coué, comme s'il s'agissait d'un cycle tout à fait normal, comme si tout ça était dans l'ordre des choses : on est deux, puis un jour on est un, alors il faut être deux à nouveau, en route pour de nouvelles aventures. On se remet sur le marché, simple question de régulation des flux. Playmobil, en avant les histoires.

Il a la garde de son fils Thomas un week-end sur deux, le lundi matin quand je lui demande si ça s'est bien passé, il me répond *Super, on est allés pique-niquer au zoo.* Un week-end sur deux, invariablement : super, on est allés pique-niquer au zoo, et je crois que lui-même n'a pas conscience de la récurrence de sa réponse et donc de son programme, il me déclare ça avec la même fraîcheur et le même enthousiasme un lundi sur deux, comme s'il me parlait de quelque chose de complètement inédit. Je n'ai aucun mal à imaginer qu'il va pique-niquer au zoo avec son fils pour pallier une incapacité à communiquer, créer un lien qu'il a du mal à tisser dans l'intimité, regarder les girafes pour éviter de se retrouver face à face, quitte à lui poser des questions quand même, mais c'est plus facile les yeux vers les cages, un burger dans les mains, plus transversal, plus secondaire, le sujet c'est la girafe, le sujet c'est le burger, la relation père-fils flotte en périphérie comme une feuille morte portée par le vent qu'on peut très bien ignorer.

Lucille (*Le Tao de l'art d'aimer*) et moi étions un jour allés faire une balade romantique au zoo, c'était nos tout débuts, nous nous étions assis sur un banc, devant la cage des singes, et tout à coup deux macaques s'étaient mis à se monter dessus et à copuler frénétiquement. J'aurais dû faire une blague, tourner la situation en dérision, au lieu de ça j'étais resté pétrifié, les yeux rivés sur les allers-retours rapides des hanches du macaque, sans oser bouger d'un pouce, avec cette même gêne qui s'emparera de moi des années plus tard devant *Under the Silver Lake* en compagnie de mes enfants. Lucille et moi étions restés là en silence, parce que se lever du banc aurait constitué un aveu, un aveu de non-complicité, on se lève car c'est trop gênant, on se lève car nous ne sommes pas assez proches pour transformer ce moment en une complicité joyeuse, légère, tendre, nous étions donc restés assis, stoïques, signifiant ainsi : oui, des macaques copulent et alors ? Où est le problème ? C'est la nature. Peut-être au fond tenait-elle à ce que je regarde attentivement comment les singes s'y prenaient, peut-être même cette halte était-elle préméditée, et, constatant avec dépit que je n'en avais tiré aucune leçon, elle s'était vue obligée de passer à l'étape suivante : *Le Tao de l'art d'aimer.*

Je ne peux pas blâmer François sur ce terrain-là. Peut-être devrais-je moi aussi emmener Tristan au zoo, profiter d'un passage devant la cage des singes où deux macaques sont en train de copuler pour pouvoir enfin lui dire : *Tiens, à ce propos...*

François me précède et nous allons nous attabler, il me demande si ça va, je réponds que ça va et le *ça va* ne sert généralement qu'à passer le relais, le *ça va* est une façon de confirmer : c'est bon, tu peux y aller, tu peux parler de toi, je t'écoute. Et il me parle de Charlotte, il me dit à nouveau qu'il aimerait beaucoup l'inviter à boire un verre, il sent un truc, Je t'assure, je sens un truc, ça faisait longtemps que ça m'était pas arrivé, une alchimie tu sais. Oui, tu pourrais l'inviter à boire un verre et lui parler des origines du sida, de l'avènement de la lèpre sous l'Empire romain, ou de dépistage colorectal, tiens, à ce propos, tu as reçu un courrier toi, une enveloppe bleue mais pas tout à fait bleu Juan-les-Pins ? Il m'apprend que, suite à la discussion sur les éléphants de Thaïlande devant la machine à café, il est allé se documenter et a déniché une anecdote savoureuse, il sort un morceau de papier de sa poche et me le lit, « *En 1668 le roi du Portugal offre une éléphante à Louis XIV, elle restera treize ans à Versailles…* » *Et là tu vois j'enchaîne en lui disant « Tu imagines si quelqu'un t'offre un éléphant ? Tu fais quoi ? Oh merci, justement j'en avais pas ?…* » Et il éclate de rire, anticipant même son rire à elle, à cet instant précis je le trouve si touchant que je le prends presque dans mes bras, je n'ose pas lui dire que le principe d'une discussion consiste en un minimum d'homogénéité dans le temps et que rebondir plusieurs jours après sur un même sujet peut paraître déplacé, voire risque de dérouter quelque peu son interlocuteur, mais après tout, pourquoi pas, peut-être Charlotte aura-t-elle l'élan de le prendre dans ses bras aussi, et j'ai subitement besoin de lui parler de Mel, mais je ne m'en sens pas le droit, et dans le tableau Critères d'amitié véritable, sous Enveloppe colorectale, j'ajoute : *coup de cœur interdit*, et ne pouvoir partager ça avec personne me frustre terriblement. Peut-être la serveuse m'écouterait-elle ? *Saviez-vous qu'un coup de cœur peut très bien partir d'un dessin de copulation maladroit ? — Ah non je savais pas.*

Dans la rue, je ne perçois plus l'humanité que selon deux catégories : ceux qui ont reçu l'enveloppe et ceux qui ne l'ont pas reçue, de manière obsessionnelle, chaque personne que je croise est aussitôt rangée dans une case, enveloppe, pas enveloppe, pas enveloppe, enveloppe, peut-être enveloppe, bientôt enveloppe – de la même manière que les femmes enceintes ont la sensation de ne croiser que des femmes enceintes. Quand j'entre dans un commerce, je sens les regards se tourner vers moi, ils savent, je sais qu'ils savent, je le sens, il est même probable qu'ils parlaient de ça avant même que j'aie franchi la porte coulissante et qu'ils se mettent subitement à changer de conversation pour ne pas me mettre mal à l'aise, alors on parle météo, politique, aménagements de ronds-points, tout ce qui pourrait ne pas éveiller les soupçons, mais j'ai compris leur manège, je ne suis pas dupe, oui j'ai reçu l'enveloppe, oui je sais que vous savez, arrêtons la mascarade. Alors que je sors, j'entends des chuchotements se remettre à bruisser, et j'ai l'impression d'évoluer dans cette série de mon enfance où des extraterrestres s'infiltrent parmi les êtres humains en revêtant leur aspect physique afin de conquérir peu à peu la Terre et on se demandait qui était un alien et qui ne l'était pas – *L'invasion du dépistage colorectal de l'espace.* Et je suis, moi, une sorte de transfuge, j'ai reçu l'enveloppe alors que je n'étais pas censé la recevoir, il y a eu erreur, c'est donc à moi que revient la lourde tâche de sauver l'humanité. Je me sens comme un de ces personnages hitchcockiens qui se retrouvent au cœur d'une intrigue d'envergure internationale alors qu'ils n'ont rien demandé, tout ça à cause d'un simple malentendu, et les voilà pourchassés pour un document secret sans le moindre intérêt narratif, le fameux MacGuffin hitchcockien, et Cary Grant tient Eva Marie Saint par les bras, *Je vous en conjure, vous devez me croire, je n'ai que quarante-six ans, ce dépistage colorectal ne me concerne en rien, il s'agit d'une erreur… — Mais alors ces graines de courge ? — Ça n'a rien à voir, croyez-moi, les graines de courge c'est pour la prostate, je vous assure que ça n'a rien à voir…* Eva Marie Saint le fixe intensément durant quelques secondes, ses lèvres tremblent, ses yeux balaient les siens, passant de l'un à l'autre, puis elle plaque sa joue contre son torse, *Oooh Roger, je vous crois, je vous crois !*

J'entre dans la Biocoop et lance un bonjour que je veux bio, et je me demande bien ce que j'entends par là. Mais mon bonjour doit être suffisamment bio car les gens me répondent aimablement dans un concert feutré de bonjours bienveillants et là, subitement, on a beaucoup de mal à croire au déclin de l'Occident. Je tourne un moment, lançant des regards discrets à travers les rayons. Pas de traces de Mel, j'ai pourtant choisi le mercredi après-midi pour être bien sûr qu'elle ne travaille pas. Je ne compte pas non plus passer des heures ici, attendant qu'elle daigne faire une apparition, même si, ici, les gens semblent prendre leur temps. Je pourrais déployer une tente Quechua, m'installer dans le rayon, rester là plusieurs jours, me nourrissant de ce que je trouverais sur place (que je réglerais à la fin, il va sans dire), et les gens passeraient devant moi sans surprise, me gratifiant d'un sourire apaisé signifiant *C'est toi qui as raison, on a perdu le sens des choses, on s'est fait happer par le système de consommation, toi tu vis, toi tu vibres, toi tu as tout compris.*

Je traîne mollement pour ralentir le temps et augmenter mes chances de la croiser, détaillant vaguement toutes sortes de produits dont je ne soupçonnais pas même l'existence (le *shitaké*, on croirait une position alambiquée sortie tout droit du *Tao de l'art d'aimer*) jusqu'à me retrouver devant un rayon proposant des sachets de graines de courge. Je regrette aussitôt de les avoir achetées au supermarché, celles-ci doivent probablement être plus efficaces, débarrassées de toute trace de pesticides, encore que j'imagine mal un pesticide traverser une courge tout entière pour venir pénétrer les pépins, sacré périple. J'en glisse un sachet dans mon panier. Je vais me retrouver avec une collection de graines de courge et Anna va commencer à sérieusement se poser des questions sur cette passion tardive. Elle avait déjà tiqué sur le premier paquet, *Des graines de courge?* Et j'avais répondu dans une improvisation qui m'avait surpris moi-même, *François m'a dit que c'était très bon dans les endives* – pourquoi les endives, aucune idée, c'est le premier mot qui m'était venu. Anna avait dû trouver incongru que deux collègues de travail, au bureau, parlent d'endives, mais elle n'avait rien dit. J'accumule les mensonges sans enjeu ni substance, après rebelle sans cause, menteur sans cause. Je vais appeler François en cachette et lui dire à voix basse, *Écoute-moi bien : si Anna te questionne au sujet de graines de courge, tu dis : oui c'est très bon dans les endives, tu promets? Tu sauras dire ça? Tu me couvres hein, je compte sur toi*. Mes paquets de graines de courge commencent à ressembler à un musée, comme ceux de province qu'on improvise pour faire revenir les touristes, le musée de la cloche en fonte, le musée de la ceinture de chasteté, le musée du collier de nouilles. Je tourne encore une dizaine de minutes et décide de repartir, tant pis, si Mel arrive plus tard, appelons ça le destin, appelons ça le karma. J'ai la même appréhension qu'au supermarché en arrivant à la caisse, mais ici personne ne relève les graines de courge, ici tout est graines, personne n'est là pour juger votre prostate. (Nouvelle idée de pseudo à noter pour le forum Doctissimo : *Prostate altermondialiste*.) La dame à la caisse est l'antimatière d'Éliane, elle est aussi souriante qu'Éliane était triste, aussi lumineuse qu'Éliane était terne, elle n'a pas de badge, pas de prénom, pourquoi un prénom, pourquoi s'enfermer, s'étriquer, au diable les carcans, appelez-moi Sourire, appelez-moi Soleil, appelez-moi Vie, appelez-moi Plexus, là où Éliane avait les cheveux teints et tirés en chignon, elle arbore une crinière grisonnante et désordonnée qui dit *Le temps est de mon côté, le temps est mon allié, nous cheminons main dans la main sans nous mentir l'un à l'autre*. Elle me demande si je suis adhérent, je réponds *Non* un peu au hasard, sans savoir exactement à quoi je suis censé être adhérent, et mon *non* sonne comme une revendication d'indépendance et de rébellion malgré moi, mais la dame ne se départ pas de son sourire doux, comme si n'être pas adhérent n'avait aucune espèce d'importance et ne disait rien d'essentiel sur ce que je suis fondamentalement. Elle tape ses prix en fredonnant une ritournelle bouche fermée – je crois reconnaître *Le tourbillon de la vie.* Je sors ma carte bleue pour payer et me sens immédiatement mal à l'aise, comme si ici une carte bleue apparaissait hors sujet, hors cadre, hors contexte, un trader dans une yourte. Les gens vont tous se retourner sur moi, une rumeur va progressivement enfler, des consonnes chuchotées vont se disséminer dans l'air comme un nuage toxique, crtbl crtbl crtbl, et la dame va m'annoncer, gênée, *Je suis désolée monsieur, ici la monnaie d'échange est le grain de quinoa.*

Je sors avec de la pâte à tartiner hors de prix, un brocoli, des graines de courge et une immense déception de n'avoir pas croisé Mel mêlée à une certaine inquiétude de vouloir la croiser à tout prix.

C'est Denis qui nous accueille sur le pas de la porte, nous nous serrons la main et il embrasse chaleureusement Anna. J'ai longtemps cru qu'Anna en pinçait secrètement pour lui – de manière générale, Denis est le genre de type pour qui l'on en pince. Mais cette appréhension m'avait vite quitté, et je mesurais l'érosion de notre relation de couple à l'effacement progressif des symptômes de jalousie, nous avions lentement dérivé comme un paddle porté par la brise vers quelque chose de tendre et doux et tranquille, sans enjeu ni douleur. Depuis deux mois elle est inscrite à un cours de salsa, en d'autres temps l'image d'un Brésilien frottant son corps sec et parfaitement dessiné sur celui d'Anna tous les lundis m'aurait rendu fou, mais aujourd'hui le Brésilien m'apparaît aussi menaçant pour mon couple qu'un ballon de pilates et après tout on a parfaitement le droit de frotter son corps au corps sec et parfaitement dessiné d'un Brésilien, où est le mal ?

Anna et Béatrice s'éclipsent un instant, nous nous retrouvons en tête à tête avec Denis et une fenêtre de tir m'apparaît pour lui parler de l'enveloppe, lui demander si lui l'a reçue. Mais là encore, je suis empêché, je ne sais dire pourquoi, certains paramètres manquent pour que je me lance sans pouvoir exactement définir lesquels et je suis navré de constater que Denis, tout comme François, n'appartient pas non plus au cercle des intimes colorectaux, et chaque constatation de ce type m'isole de plus en plus, on naît seul on vit seul on meurt seul on reçoit une enveloppe seul.

Béatrice prépare toujours des repas délicieux qu'elle présente avec une ostensible modestie, *Oh je me suis pas embêtée hein, j'ai fait avec ce que j'avais*, comme Picasso qui dirait *Rho vous savez, c'est juste un peu d'acrylique hein, j'avais du bleu alors j'ai mis ça*, comme pour anticiper toute déception, et chaque fois j'ai envie de lui dire : c'est un peu le principe de la vie, Béatrice, tu sais, on fait avec ce qu'on a. Quand nous les recevons chez nous, c'est moi qui me charge du repas avec un manque d'imagination flagrant, c'est chaque fois poulet au curry, et je leur sais gré de l'accueillir avec la même surprise renouvelée.

À table, le vin aidant, la discussion est légère et décousue, nous sautons d'un sujet à l'autre sans transition et de temps à autre mon regard se perd sur le décolleté de Béatrice, je me demande chaque fois si ses seins sont refaits ou pas (Anna est persuadée que non, moi que oui). Que se passerait-il si, subitement, au milieu du repas, au beau milieu de la discussion, je tendais le bras et touchais le haut décolleté de son sein du bout de mon index pour en vérifier la fermeté ? Comme ça, de manière totalement anecdotique. Quelle serait leur réaction ? Denis se lèverait-il pour me mettre son poing dans la figure ou bien le repas se poursuivrait-il comme si de rien n'était ? Pourquoi nous évertuons-nous à n'effectuer que des actes pourvus de sens ? Pourquoi une existence qui n'en a aucun devrait-elle être constituée d'une suite ordonnée de faits rationnels, et pourquoi ne nous mettrions-nous pas subitement à courir dans la rue sur *Modern Love* comme chez Leos Carax ou Noah Baumbach ? Pourquoi tout doit-il être cohérent quand la vie elle-même ne l'est pas pour deux sous et qu'on peut très bien se réveiller un matin avec un courrier destiné à un type de cinquante ans alors qu'on n'en a que quarante-six ? Pourquoi l'utile, pourquoi l'approprié ? À la fac, lors d'une soirée, se trouvait au milieu de la pièce une fille magnifique que tout le monde entourait, écoutait, couvait du regard, le genre de fille dont l'aura occupe tout l'espace, le genre de fille qui marche lentement sous la pluie alors qu'autour d'elle tout le monde court. Tout à coup, un gars à côté de moi que je ne connaissais pas, et qui était probablement assez ivre, s'était levé, avait traversé la pièce, et lui avait mis son doigt dans l'oreille, comme ça, sans un mot, avant de revenir s'asseoir, stoïque, et personne n'avait rien dit, personne n'avait su comment réagir tant cet acte n'obéissait à aucun repère en vigueur, j'avais trouvé ce geste d'une beauté et d'une poésie admirables, jamais je n'avais vu de geste aussi dépourvu de sens, et ce type que je ne recroiserais plus jamais de ma vie était devenu mon héros en quelques secondes, c'est fou comme je pense souvent à lui. On ne met pas assez le doigt dans l'oreille de la vie. Et je dois être moi aussi passablement ivre pour être traversé par un aphorisme pareil.

Au fil de la soirée je finis presque par me détendre totalement, jusqu'à ce qu'Anna parle d'un collègue à elle tellement parano qu'il rêve d'aller en vacances à Naples mais ne s'y résout pas tant il est persuadé que le Vésuve va inévitablement se réveiller pile au moment où il y sera, et là, subitement, alors que tout le monde éclate de rire, j'en veux à Anna d'avoir raconté cette anecdote, je lui en veux de tendre une perche aussi énorme, d'ouvrir les vannes d'un enchaînement qui s'avère désormais inéluctable et imminent, je le vois venir comme on voit arriver un tsunami sans rien pouvoir y faire, comme on voit rouler sur nous la lave du Vésuve, et je devrais, là, tout de suite, rebondir sur son anecdote pour ne laisser aucune chance à l'effet domino, infléchir la discussion, *Ah et dites donc, vous saviez qu'ils ont peut-être trouvé le moyen de déchiffrer des papyrus ayant brûlé sous le Vésuve soixante-dix-neuf ans avant notre ère à l'aide de scanners de dentistes ?* De là nous partirions sur *C'est dingue quand même tout ce qu'on arrive à faire maintenant*, et nous irions peut-être sur la Lune, sur Pluton, sur l'exoplanète K2-18b dont l'atmosphère contiendrait de la vapeur d'eau, que sais-je, n'importe où, n'importe où sauf là où je pressens que nous allons finir. Mais non, je n'ai pas le temps de scanner mon papyrus, Denis a dégainé : *Ah et à propos de vacances...* Voilà. Nous y sommes. C'est foutu. Merci Anna. Et, dans la foulée, le mot fatidique est lâché, celui que j'appréhendais depuis le début du repas. Biarritz. Et là, comme un chien décharné sur lequel on se serait livré à de cruelles expériences pavloviennes, à la simple évocation de ce mot, j'ai envie de me mettre en position fœtale dans un coin de la pièce en tremblant de tous mes membres. Denis se lance alors dans un nouveau descriptif qui ressemble à un dépliant d'agence de voyages et conclut par : *Je vais m'occuper de réserver*, et ces mots me giflent littéralement le visage, ils résonnent comme une menace, l'impression d'être face à un psychopathe qui braque une arme vers moi et m'annonce froidement : *Bon écoute, je crois que je vais t'assassiner.* Denis propose la semaine du 5 au 11, il dit que ce serait l'idéal, Anna confirme qu'effectivement ce serait parfait, c'est à moi de dire quelque chose, adopter un air préoccupé, prendre un temps de réflexion, *Mmhh attends attends, tu dis quoi ? Du 5 au 11 ?* Sortir mon portable, consulter un agenda imaginaire, me mordre la lèvre, et là, la tirade, l'empêchement, le drame, la tragédie shakespearienne. Au lieu de ça, je souris et confirme que c'est parfait. Et Denis lance un *Yes* qui sonne jeune et me fait vieillir instantanément, et je maudis ce *C'est parfait* qui a pourri toute mon existence, qui jaillit malgré moi, incontrôlable, dès lors que s'impose à moi une opportunité dont je ne veux pas, c'est parfait à la coiffeuse qui a coupé trop court, c'est parfait à ma mère qui m'a fait un ourlet cinq centimètres au-dessus de ma chaussure, c'est parfait à la baguette calcinée, c'est parfait à Hélène qui me dit *On reste amis ?* Mon épitaphe est toute trouvée : *C'était parfait.*

Sur le trajet de retour, c'est Anna qui conduit parce que j'ai bu plus que de raison pour faire passer le paddle, et je lui demande : *Non mais franchement ça te dit toi ce truc à Biarritz ?* Elle se tourne vers moi, mi-étonnée mi-amusée (elle aussi a un peu bu je crois), *Ben oui, ça va être sympa comme tout.* Sympa comme tout. Traverser la vie avec quelqu'un pour en arriver là : la solitude du paddle sympa comme tout.

Comment n'y ai-je pas songé plus tôt ? Il s'agit d'une blague, bien sûr, une de ces blagues comme est tout à fait capable d'en faire Vincent. Qui d'autre que Vincent pourrait m'envoyer une convocation à un examen colorectal ? Ça lui ressemblerait bien. Même si ça fait une éternité qu'on ne s'est pas vus, il aura pensé à ça, *Tiens, et si j'envoyais une enveloppe de dépistage colorectal à Axel ?* Trois smileys qui pleurent de rire. À la fac, son passe-temps favori consistait à venir afficher des posters d'*Hélène et les garçons* sur la porte de ma chambre de cité U. Régulièrement je croisais dans le couloir mes voisins qui me toisaient comme si j'étais une espèce de ringard attardé. Ou bien il glissait des revues pornographiques dans le casier destiné au courrier, dans la loge de la cité U, et ceux qui passaient voyaient dépasser du casier *6-0-26* un magazine dont la couverture s'ornait d'une fille à seins opulents mettant son index dans sa bouche. L'enveloppe serait bien dans la continuité. Je décide de lui envoyer un texto, quelque chose d'assez vague et énigmatique que, le cas échéant, si toutefois il était étranger à cette histoire, je pourrais toujours invalider, arguant une erreur de destinataire. Après quelques instants de réflexion, je me décide pour : *Pas mal l'enveloppe colorectale*, suivi d'une émoticône clin d'œil. C'est parfait, il comprendra. J'entends Anna approcher de la chambre, je n'ai plus le temps de tergiverser, je tape mon message et l'envoie avant d'avoir à lui expliquer à qui j'envoie un message à minuit, moi qui ne suis pas coutumier des textos, qui n'en envoie quasiment jamais, l'explication la plus honnête serait si tordue et alambiquée et peu crédible qu'Anna en conclurait dans la seconde à une liaison adultère – je la trompe avec un test de dépistage colorectal, on a les maîtresses qu'on mérite. J'ai à peine le temps de remettre le portable dans ma poche quand elle entre dans la chambre, je bâille et m'étire de manière exagérée comme si tout était incroyablement normal, et c'est tout juste si je ne m'endors pas subitement comme devant les ébats de Daniel Auteuil un dimanche soir en famille. Je mets un temps infini à m'endormir, j'ai beaucoup trop bu. Des images de paddle tournent dans ma tête comme un ballet de fin d'année.

Au petit déjeuner, Jade raconte le rêve qu'elle a fait cette nuit : pour le contrôle de SVT de la semaine suivante, il fallait qu'elle soit enceinte, c'était le thème demandé. Jade, toujours très appliquée et très scolaire, arrive donc le jour du contrôle en étant enceinte, et là, alors qu'elle débarque dans la cour, horreur, stupéfaction, aucune de ses amies n'est enceinte. Elle s'affole, panique, les questionne, et ses amies lui apprennent que le contrôle a été reporté, tout le monde était au courant sauf elle, voilà qu'elle se retrouve enceinte pour rien. À la fin de son histoire, j'éclate de rire et elle me lance un regard outré, nous nous croisons dans une sorte de chassé-croisé émotionnel, une dissonance de sentiments qui brouille tout autour. *Mais c'est pas drôle putain, tu comprends pas ce que ça veut dire ? Tu vois pas que c'est parce que je me sens lâchée par tout le monde en ce moment ?* Je n'avais vu qu'une dimension burlesque là où, visiblement, d'autres choses bien plus profondes se jouaient, et je trouve son analyse un peu tirée par les cheveux mais tout est affaire de perception et si elle le ressent ainsi, c'est elle qui doit avoir raison. Je me sens tout penaud, tout ce que je trouve à dire pour me faire pardonner c'est, l'air contrarié, *Oui, tes amies auraient pu te prévenir*, qui tombe complètement à l'eau.

Enfant, très tôt elle a été angoissée par la mort, tous les soirs avant de s'endormir, il arrivait toujours ce moment où résonnait cette petite voix fluette et tremblante, sortant de la chambre, disant *Je pense à la mort*. Alors nous allions Anna et moi à tour de rôle chaque soir nous allonger à côté d'elle pour tromper la mort. Sur les conseils d'une collègue d'Anna, nous avions fini par consulter une homéopathe uniciste, je ne connaissais pas le terme, *uniciste* : à chaque individu correspond un seul et unique type de granule qui peut le guérir de tout, la consultation consiste en un long et minutieux entretien pour cerner les caractéristiques du patient afin de déterminer le type de granules qui lui correspond. Contre ses angoisses de mort, la médecin lui avait prescrit des granules, dont j'ai aujourd'hui oublié le nom, mais que Jade appelait *les granules contre la mort*. Je trouvais ce terme d'une poésie bouleversante. Un jour, alors que nous étions dans le métro, assis tous les deux l'un en face de l'autre, Jade, soudain, avait levé vers moi un visage terrorisé, et s'était exclamée, un peu trop fort, *Papa, on a oublié mes granules contre la mort !* Tout le monde s'était retourné vers nous, et je sentais les regards choqués par ce père indigne qui avait oublié les granules contre la mort de sa fille, cette petite fille qui allait probablement mourir, là, sous leurs yeux, d'une minute à l'autre, à cause d'une négligence de son père, bravo, et je m'étais contenté de leur renvoyer un sourire gêné qui disait en substance *Ah ah les enfants alors !*

Le même compte rendu de son rêve, dans un contexte normal, hors chagrin d'amour, nous aurait tous fait rire, je n'en doute pas une seconde, chaque événement porte en lui sa comédie autant que sa tragédie, tout est affaire de contexte, tout ça à cause de ce Yanis, je suis à deux doigts d'aller l'attendre à la sortie du lycée pour lui casser la gueule. Mais il n'est pas à exclure qu'il soit plus grand et plus costaud que moi et que ce soit lui qui me casse la gueule, et je doute que Jade viendrait me chercher, hilare, comme Vic dans *La boum* alors que Claude Brasseur tient sa lèvre en sang, *Non mais tu te rends compte, il t'a cassé la gueule, c'est génial !* Jade et moi avons regardé ce film ensemble un nombre incalculable de fois, avec toujours la même jubilation intacte, on pourrait en citer la moindre tirade, et je sais que si on le regardait aujourd'hui elle fondrait en larmes, ça s'appelle le temps qui passe, ça s'appelle la fin de la parenthèse enchantée, et j'ai l'image de moi allongé par terre sur le ventre, Yanis assis sur mon dos m'immobilisant d'une douloureuse clé de bras, un attroupement de lycéens perplexes autour de nous assistant au spectacle d'un père suppliant, les plus magnanimes demandant si personne dans l'assistance n'aurait des granules contre les situations gênantes.

Tous les vendredis, je joue de la batterie au Machumbo, un café-concert moite, plein à craquer de tout ce que le quartier de La Boca compte de putes, de dealers et de gueules cassées, tous viennent se saouler ici, et sur scène c'est plateau tournant, une sorte de jam permanente. Entre deux sets, je vais m'accouder au bar, il arrive que Benjamin Biolay vienne y faire un tour, il vit à deux pas d'ici, et il n'est pas rare qu'il monte sur scène pour se mettre à la trompette. Puis on se colle au comptoir, suants et passablement ivres, et on s'enfile des verres en parlant foot, filles, musique, *Pourquoi bon sang ne pas avoir laissé* Night Shop *entièrement en mineur ? Pourquoi ce basculement en mode majeur ? Tu aurais dû rester en mode mineur du début à la fin, une sorte de rouleau compresseur mélancolique, une tournerie derviche hypnotique genre* Comme un boomerang *tu vois ? Quel gâchis bon sang, mais quel gâchis, Benji, qu'est-ce que tu nous as merdé là ?* Et lui dodeline de la tête, *Mais nooon, le basculement en majeur renforce le passage en mineur, en creux il le rend encore plus beau, plus mélancolique, il le rehausse, il le met en valeur,* et je ne sais pas quoi répondre à ça, il a peut-être raison, je ne sais pas, je suis trop saoul pour être tout à fait pertinent. Il me relance régulièrement sur la batterie, *Tu sais que t'as un sacré niveau pour un mec qui a plaqué la batterie pendant vingt piges ? — Bah, c'est comme le vélo, ça s'oublie pas...* Il aimerait bien que je joue sur son prochain album, *Wopopop, tu sais, moi je suis rangé des voitures, j'ai quitté le bizness, je suis ressorti lessivé de la folie Nevrotic, j'ai mérité de me poser un peu, j'ai passé l'âge de ces conneries, deux-trois jams dans les bars, c'est parfait, mais pas plus, faut voyager léger.* Parfois c'est Lavilliers qui passe, de retour du Brésil il fait un crochet par ici, il aime bien le quartier, alors on sort un peu dans la rue pour se battre contre des types avant de revenir se saouler au bar. Il est sympa Bernard, je l'aime bien.

J'ai envoyé mon message à Verdier. J'ai envoyé à Verdier *Pas mal l'enveloppe colorectale* suivi d'une émoticône clin d'œil. Voilà ce que je découvre en entrant dans ma voiture et en consultant mon portable. C'est un cauchemar. Comment ai-je pu me tromper de destinataire ? Si, je sais, bien sûr, j'ai anormalement paniqué à l'arrivée d'Anna et mes doigts ont ripé, la proximité alphabétique avec Vincent, l'alcool qui n'a rien arrangé, et voilà. Comment va-t-il interpréter un tel message ? De manière générale, comment peut-on interpréter un message tel que *Pas mal l'enveloppe colorectale* suivi d'une émoticône clin d'œil ? J'essaie de me mettre à la place du destinataire, et une multitude d'hypothèses se bousculent, et celle qui m'apparaît la plus immédiate, pour peu qu'on reste sur une lecture basique et superficielle, serait : *Quel joli cul*, suivi d'une émoticône clin d'œil. Je viens de dire purement et simplement à Verdier qu'il a un beau cul. Ça n'est pas possible. Et même si j'ai bien conscience que ma traduction est complètement tirée par les cheveux, je n'en ai pas de moins tordue, et plus je la ressasse plus elle s'entérine dans une certitude absurde. Il doit bien exister un moyen d'annuler ça, au vingt et unième siècle, on est capable d'effectuer des opérations chirurgicales à l'aide de microrobots qui entrent dans des artères minuscules, on est capable de déchiffrer des papyrus ayant brûlé sous le Vésuve soixante-dix-neuf ans avant notre ère à l'aide de scanners de dentiste, il doit bien exister un moyen de faire revenir *Pas mal l'enveloppe colorectale* suivi d'une émoticône clin d'œil d'un portable à un autre par un effet de boomerang numérique, ça ne me semble pas non plus hors de portée.

Je n'ai pas le cœur à écouter François qui s'apprête à aller parler éléphant à la machine à café, il tient son papier entre ses doigts fébriles, cherchant la bonne intonation, je ne l'écoute que d'une oreille, guettant l'arrivée de Verdier. Il arrive un peu après nous et lance comme à son habitude un *Bonjour messieurs* générique, sans un regard vers moi, il entre dans son bureau et s'y enferme pour ne plus en ressortir. Cent fois, mille fois, un million de fois, j'aurais préféré qu'il vienne me trouver, qu'il me convoque dans son bureau, qu'il referme la porte derrière moi, qu'il me tende le portable, les yeux injectés de sang, et me lance d'un ton à couper au couteau, *Qu'est-ce que c'est que ce truc ?! Je vous somme de vous expliquer !!* Quel soulagement c'eût été, quel poids ôté, alors j'aurais pu tout lui expliquer, l'enveloppe, l'angoisse, la suspicion de blague, Anna qui entre dans la chambre, la panique, le message qui s'envoie malgré moi au mauvais destinataire, voilà, c'est aussi simple que ça, même si, au contraire, ce ne serait pas simple, ce serait brouillon, confus, peu crédible, il me dévisagerait avec un mélange d'incrédulité et de frayeur, mais qu'importe, tout plutôt que ce silence âpre, cette indifférence, cette menace sournoise et lourde qui refuse de se déclarer. Je ne sais plus où j'ai lu qu'au Japon, quand un employé commettait une faute, il devait se plier au rituel de la semonce de son patron qui le convoquait et lui hurlait dessus jusqu'à l'humiliation, jusqu'aux larmes. Cependant il existait une alternative aussi surréaliste que pertinente : l'employé avait la possibilité de louer quelqu'un pour se faire sermonner à sa place. À condition de rester à côté de lui pendant l'épreuve, ainsi l'employé entendait ce qui lui était reproché mais ne subissait pas l'épreuve de manière frontale, l'humiliation était là, mais édulcorée, passée au filtre de la tierce personne, l'acrimonie et la violence empruntaient un itinéraire bis qui les rendait plus supportables, apparemment tout ceci était parfaitement légal et je ne sais pas si cette histoire est vraie mais je me demandais si François serait capable de servir gracieusement de réceptacle à reproches pour moi et voilà encore quelque chose qu'il faudrait ajouter à la liste *Critères d'amitié véritable*. (Me traverse qu'un tel service devrait être disponible dans l'autre sens : pouvoir louer quelqu'un qui sermonnerait à votre place, quelqu'un qui se tiendrait bien droit face à Tristan et lui dirait *Non mais dis donc Tristan, où est-ce que tu as vu qu'on dessinait ses professeurs dans des situations obscènes ?? Tu te rends compte de ce que tu as fait ? Franchement tu trouves ça intelligent ?* Bien entendu je serais présent pendant la leçon, je me trouverais là, à côté du sermonneur, les sourcils froncés et l'air grave, hochant la tête à intervalles réguliers pour montrer que je n'en pense pas moins, mais délesté de la lourde tâche du sermon.)

Toute la matinée j'échafaude des plans pour essayer de régler ce malentendu au plus vite. Je dois aller le voir, je dois aller lui expliquer, évacuer cette tension insupportable. De temps à autre il sort de son bureau et passe devant nous, toujours sans le moindre regard vers moi, et, machinalement, je jette un œil à son postérieur. Verdier n'a pas de cul. Du moins, son postérieur est-il totalement invisible sous son pantalon de toile grise trop large, rien qui justifie qu'on puisse lui trouver de belles fesses, il faudrait être complètement tordu pour que la première chose qui nous traverse l'esprit en voyant Verdier soit : *Waouh pas mal l'enveloppe colorectale !* Je suis abattu. Si ça se trouve depuis sa plus tendre enfance il souffre du complexe du cul plat, et moi, cruel, je viens appuyer là où ça fait mal. Peut-être ses camarades, au collège, le surnommaient-ils Cul plat. *Eh Cul plat, file-nous le devoir de maths ou on te fait bouffer tes lunettes, allez grouille Cul plat, eh Cul plat pourquoi tu viens en survêt en sport au lieu de te changer dans les vestiaires comme tout le monde ? Tu as peur de nous montrer ton cul plat ? Ah ah ah Cuuul plaaat Cuuul plaaat.* J'ai beau me répéter que mon interprétation est complètement loufoque, une autre partie de mon cerveau y croit sans conditions, et la bataille que se livrent les deux parties est inégale, le pot de terre contre le pot de fer, David contre Goliath, moi contre David Matthieu.

C'est Jade, au détour d'une discussion avec sa mère, qui m'a appris l'existence du complexe du cul plat, dont souffrait une amie à elle, Aurélie. Comme à mon habitude, n'écoutant que d'une oreille, j'avais compris *le complexe de Kuppla*, et m'étais étonné de ce syndrome inconnu, m'étais soudainement animé, la questionnant sur ce probable pédopsychiatre que je supposais russe ou slovaque, ça se manifeste comment ? Quels en sont les symptômes ? Toutes deux s'étaient retournées vers moi et m'avaient toisé comme si elles regardaient un demeuré, ne sachant si je plaisantais ou pas. Si Verdier ne dit rien aujourd'hui, il y a de grandes chances qu'il ne dise rien non plus demain, ni après-demain, et cette menace va planer sur moi jour après jour et je vais vivre avec cette angoisse sourde logée au fond de mon ventre sans jamais pouvoir l'extirper. Quand j'étais en sixième, en 1983, au comble des tensions de la guerre froide, notre professeur d'histoire-géographie, monsieur Jordi, nous avait déclaré, au beau milieu d'un cours sur les relations Est-Ouest, *Vous savez que des missiles nucléaires russes sont en permanence braqués sur nous ?*, annonce suivie d'un silence et d'un air inquiet dans le vague. En sortant du cours, tout le monde s'était mis à pleurer, les uns se prenant dans les bras, les autres s'asseyant dans l'herbe sanglotant la tête entre les mains, d'autres hurlant, hystérisant, trépignant de douleur, une élève avait même fait une crise de spasmophilie, ajoutant à la dramaturgie ambiante, et nous nous étions tous mis à chercher un sac plastique partout pour lui faire respirer son propre dioxyde de carbone dans un mélange de pleurs, de cris et de mort imminente, peu à peu la vague s'était étendue aux élèves d'autres classes qui passaient par là, la nouvelle s'était propagée comme un virus : nous allions mourir d'un jour à l'autre attaqués par les missiles russes. La rumeur avait enflé au point que le collège s'était transformé en une heure à peine en un vaste asile pour dépressifs. Je me demande aujourd'hui si le professeur avait lâché ça sans arrière-pensée, simplement parce que cette information faisait partie intégrante du cours, ou si au contraire, dans un élan de sadisme (ce type n'aimait pas les enfants, ça se voyait), il avait ourdi cette annonce à dessein, pour traumatiser tous ces petits merdeux, *Ah vous vous en foutez de ma matière ? Attendez voir.* On ne peut pas lui en vouloir, si j'étais professeur, je crois que je serais tenté par l'expérience. *Dites-moi les enfants, est-ce que quelqu'un parmi vous a déjà entendu parler du virus mH5N1, une version génétiquement modifiée du virus H5N1 qui pourrait décimer en un rien de temps le huitième de l'humanité si par mégarde il s'échappait des labos ? Non ? Bon, tant mieux.* Nous avions vécu avec ces missiles russes braqués sur nous des jours durant avant de passer à autre chose, tout finit par passer, même l'apocalypse, et j'ai l'infime espoir que le cul plat suive la même trajectoire que les missiles russes.

Je n'ai pas la force de le croiser aujourd'hui, je sais qu'il va m'attendre, comme tous les jours, son espèce de large râteau à la main, qu'il va falloir lui sourire, lever la main, échanger quelques mots, toujours les mêmes, avec la même intonation, pour ne rien montrer de la lassitude qui nous grignote jour après jour, et je n'ai pas l'énergie d'honorer le rituel, pas aujourd'hui, pas ce soir Boyer, j'ai la migraine. Je ralentis dans l'allée centrale du lotissement et me gare cent mètres avant d'arriver chez moi. Je n'avais jamais remarqué à quel point toutes les maisons se ressemblent. Nous avons emménagé ici il y a un an et demi environ, dans ce lotissement nommé *Le clos des acacias* – qui trouve les noms ? Est-ce que des gens s'installent autour d'une table avec pour ordre du jour de trouver un nom au lotissement ou bien est-ce le fruit d'un générateur de noms de lotissements ayant pour fonction d'associer des noms d'espaces à des noms de fleurs ? Je me gare devant une maison qui pourrait très bien être la mienne. Je pourrais même entrer, pendre ma veste à l'entrée, aller chercher une bière dans le frigo et m'affaler sur le canapé, une femme entrerait à son tour, pendrait sa veste, viendrait m'embrasser sur le canapé avant d'aller se servir un verre de vin rouge, puis elle viendrait s'asseoir face à moi et nous échangerions quelques minutes autour de notre journée et soudain elle se mettrait en arrêt, me fixerait, son regard changerait de lueur, *Mais, vous n'êtes pas mon mari ? — Hein ? Ah mais… holala pardon, vous avez raison, je me suis trompé de maison, je suis vraiment désolé… — Pensez-vous, ça arrive tout le temps…* Nous éclaterions de rire de cette méprise, nous nous serrerions la main et je rentrerais chez moi, convoquant un minimum de concentration pour ne pas me tromper à nouveau. Au départ le lotissement devait probablement s'appeler *Le clone des acacias*, mais le logiciel de générateur de noms a dû subir une avarie – il s'agit probablement du même que celui de la CPAM. Je reste un instant dans ma voiture avant de me décider à sortir et à longer l'allée à pas de loup (celui des tunnels, le vieux, l'usé), comme un cambrioleur prêt à aller se noyer dans une piscine hors normes, sans quitter des yeux la maison des Boyer. Quand je l'aperçois, comme prévu, râteau à la main, entouré de son ballet de feuilles mortes (il y en a de plus en plus, où va-t-il les chercher ?), je me courbe derrière sa haie et avance lentement, soupesant chacun de mes pas, veillant à ce que ma tête ne dépasse pas du haut de la haie. Passe alors près de moi la vieille Giffard, avec son grand manteau grenat et son petit chien à gilet qui me regarde et je ne sais pas si je dois soutenir son regard ou au contraire l'éviter afin d'empêcher qu'il se mette à aboyer, mais avant même que j'aie pu trancher, son petit jappement suraigu se met à résonner entre les murs des maisons alentour et prend une ampleur terrifiante, plus je lui fais les gros yeux plus il aboie, et j'aperçois monsieur Boyer lever la tête, il m'a vu, nos yeux se croisent une fraction de seconde qui me semble durer une éternité, dans un réflexe de panique je repars en courant dans l'autre sens. Jetant un furtif regard en arrière, je le vois enjamber la haie d'un saut leste et aérien, il se met à me courir après. Je convoque toute l'énergie qu'il me reste, je vais puiser dans mes dernières ressources, mais j'entends son pas rapide se rapprocher de moi, il gagne du terrain, mon souffle se fait court, je sens mon cœur cogner contre ma poitrine à tout rompre et pour la première fois je me maudis de n'avoir jamais fait de sport de ma vie, je vais mourir d'un infarctus devant un sexagénaire et on n'aura jamais vu mort plus humiliante, et une autre épitaphe se dessine, *Il est mort comme il a vécu, essoufflé*. Je sens sa présence de plus en plus proche, menaçante, je sens son souffle d'ici, dans ma nuque, un souffle maîtrisé, régulier, qui ne souffre pas le moins du monde, et puis soudain une étreinte au niveau de mes hanches, je perds l'équilibre emporté par une force imparable, mes avant-bras cognent violemment le sol, le bitume à quelques centimètres de mon visage, il me retourne sur le dos sans que je puisse lui opposer la moindre résistance, s'assoit à califourchon sur mon ventre et plaque mes poignets au sol au-dessus de ma tête. Son regard dans le mien, ce regard bleu ciel qui me transperce et que j'ai du mal à soutenir, et sa voix, une voix venue de la banlieue de Dublin, du Bronx, des steppes de Sibérie, de loin, très loin, qui porte en elle les stigmates de la route, qui en a tiré mille expériences, mille constats âpres et désenchantés, de ces voix qui en ont vu d'autres, *Écoute-moi bien mon gars, j'ai comme l'impression que tu as oublié que toi et moi on a un contrat… Si je te dis* invitation, *ça te dit quelque chose ? Oui ? Ça te parle ? C'est bien, je devine dans tes yeux de lavette que la mémoire te revient, on progresse.. Alors écoute-moi bien, je te laisse une semaine pour lancer l'invitation, tu entends, une semaine, au-delà de cette limite il risquerait de t'arriver des petits problèmes, et crois-moi, l'enveloppe à côté de ça, ce sera une récréation de puceau… On s'est bien compris ?* Je bredouille *Oui oui on s'est compris*, les lèvres tremblantes.

Je reste un instant dans ma voiture, garé à cent mètres de chez moi, je ne sais pas combien de temps, vide de toute énergie, et je pourrais très bien passer la nuit ici, cette perspective serait presque douillette. Je redémarre et m'engage dans l'allée. Le voisin est là, son râteau à la main, levant l'autre vers moi, son sourire chaleureux, nous échangeons quelques mots, en essayant de ne pas en introduire de nouveaux sous peine de provoquer une rupture cosmique qui pourrait tous nous engloutir, l'Univers se rétracterait sur lui-même en un temps infiniment court et ce serait la fin de tout et ce serait plutôt pratique à bien y réfléchir, ne serait-ce que pour cette histoire d'invitation.

Me revient alors un détail qui dès le début aurait dû me mettre la puce à l'oreille. Quand nous avions emménagé ici, l'accueil que nous avaient réservé nos voisins du quartier avait été extrêmement chaleureux. Mais très vite une question était apparue de manière récurrente : avions-nous prévu un barbecue de bienvenue ? Cette question, posée de manière tout à fait innocente au début, se faisait de plus en plus prégnante, insistante, inquiète voire inquiétante. Visiblement il s'agissait d'une coutume incontournable (de ce lotissement-là ? De tous les lotissements ? De la vie de manière générale ? Quand on arrivait quelque part, fallait-il organiser un barbecue, en entrant à la poste, à la boulangerie ou la piscine municipale ?) et, les jours passant, nous sentions le désarroi monter au sein de la communauté, était-il possible que nous n'organisions pas de barbecue de bienvenue ? Non c'était impensable, ç'aurait été sans précédent dans l'histoire du Clos des Acacias et des lotissements de France. Et je trouvais très curieuse la formulation, barbecue de bienvenue, c'était à eux de nous souhaiter la bienvenue et d'organiser un barbecue. Ainsi formulé, il semblait que nous étions tenus de nous souhaiter la bienvenue à nous-mêmes. Peu à peu, je sentais notre image se ternir, nous passions sensiblement de famille modèle et sympathique pourvue de deux enfants (un garçon et une fille qui plus est, l'équilibre parfait) à un groupe dissident et frondeur. À tout moment je m'attendais à trouver au courrier une lettre anonyme faite de lettres découpées dans un journal qui menaçait de représailles si le barbecue de bienvenue n'était pas mis en place dans les plus brefs délais. Finalement, cédant à la pression populaire insidieuse, et soucieux de ne pas nous exclure d'emblée, nous nous étions pliés au rituel, c'est Anna une fois de plus qui avait dédramatisé, elle ne trouvait pas ça si grave (on était alors dans les prémices du *sympa comme tout*) et j'avais fini, la mort dans l'âme, par aller acheter des chipolatas, des côtes de porc et un barbecue premier prix. Nous nous étions ainsi retrouvés à une quinzaine de personnes dans notre petit jardin pour une journée qui devait être l'une des plus longues de mon existence, me ramenant à cette période de ma vie truffée de repas de mariages, communions, baptêmes, il se trouvait toujours à cette époque un cousin ou une cousine qui célébrait quelque chose, et une fois tout le monde marié communié baptisé je m'étais cru sorti de l'auberge, c'était compter sans ces nouveaux rituels inconnus, et peut-être allais-je encore en découvrir d'autres, insoupçonnés, au fur et à mesure des différentes étapes de la vie – *Tu as prévu une fondue savoyarde pour ton examen de dépistage colorectal ?* À peine le barbecue débuté, une étrange organisation s'était mise en place, une hiérarchie de meute, d'emblée je fus écarté de la cuisson de la viande, alors même que c'était moi qui recevais, pour être remplacé d'autorité par Miranda, un voisin qui vivait à trois maisons de la nôtre, c'est lui qui avait endossé le rôle de mâle alpha chargé de faire cuire la viande, celui qui sait, qui sait exactement quand et comment retourner les saucisses, qui a une connaissance intime du temps de cuisson en fonction de la nature de la viande (*C'est du porc, il faut le laisser plus de temps que pour de l'agneau*, telles étaient ses sentences définitives), de la disposition des morceaux sur le gril en fonction de leur épaisseur et de la braise, et de la puissance même de la braise en fonction de sa teinte. À ses côtés, pour le seconder, se trouvaient trois ou quatre mâles bêta, concentrés et attentifs, habilités à émettre des hypothèses, lancer des pistes et des suggestions, mais n'ayant en aucun cas accès à la fourchette, à peine se contentaient-ils de timides *Il faudrait pas la mettre au milieu celle-là ?*, sans le moindre pouvoir de décision, si Miranda avait décidé que cette saucisse n'irait pas au milieu, elle n'irait pas au milieu, c'était comme ça, c'était la vie. J'étais, moi, naturellement relégué à mon statut de mâle hors alphabet des tunnels et passais entre les convives pour leur proposer des parts de pizza ou du rosé au pamplemousse, slalomant entre les discussions toutes plus ennuyeuses les unes que les autres (fréquence de passage du camion poubelle, taxe d'habitation, projets de vacances). C'est à cette occasion qu'Anna et moi avions appris l'existence de *voisinsvigilants*, un site participatif par quartier où chacun apporte sa contribution, donnant des informations sur tout et n'importe quoi, à la base dans un but utilitaire, mais qui très vite s'avérait tourner autour de suspicions et de surveillance malsaine et on voyait fleurir des phrases comme *En ce moment un homme basané se promène souvent avec un enfant, est-ce que quelqu'un sait si c'est son fils ?* Anna m'avait glissé dans le creux de l'oreille un *Ah ben eux on sait de quel côté ils auraient été en 40* dont j'avais eu peur un instant qu'il ait résonné au milieu du barbecue. Ces nouveaux arrivants qui ne semblent pas vouloir organiser un barbecue de bienvenue, est-ce que quelqu'un sait s'ils sont liés de près ou de loin à une mouvance de l'État islamique ?

Après le barbecue de bienvenue, quel rituel immuable de lotissement allait encore nous tomber dessus ? *Dites donc, vous n'avez pas prévu de laver votre Renault Captur tous les dimanches matin à dix heures quinze ? Et votre pelouse, vous la tondez bien toutes les semaines ? Non parce qu'il semblerait qu'elle dépasse les 6 cm de hauteur réglementaires. Savez-vous que si un cambrioleur s'introduit par effraction chez vous et, marchant sur la pelouse, voit ses chevilles se couvrir de plaques rouges urticantes allant jusqu'à provoquer un œdème de Quincke, c'est vous qui êtes reconnus responsables ?*

Tristan est attablé dans la cuisine, il a un devoir de maths à faire, et je reste dans le coin, m'affairant autour du lave-vaisselle, au cas où il aurait besoin d'aide. Il est question d'identités remarquables et Tristan fixe sa feuille, la tête entre les mains, sans un mouvement depuis cinq bonnes minutes. Un jour il était rentré du collège accompagné d'un ami, Florent, pour préparer un exposé sur la ségrégation raciale aux États-Unis dans les années 50. Avant de s'y mettre, ils s'étaient attablés dans la cuisine pour goûter, son copain Florent avalait les tartines de Nutella à la chaîne en produisant un bruit épouvantable, et, passant dans la cuisine, j'avais lâché, sur le ton de l'humour, *Eh ben ta mère te fait pas à manger chez toi*, c'était gentiment taquin, sur le mode je suis le père, un père cool et proche de son fils, je ne fais que passer, je suis complice, la jeunesse je connais, moi aussi je suis passé par là, et le garçon avait blêmi, sur le moment j'ai cru qu'il avait blêmi parce que je m'inquiétais du niveau de Nutella qui descendait dangereusement, j'avais un instant eu peur de passer pour un radin qui évalue le coût exorbitant du goûter, mais rien à voir, Tristan m'avait lancé un regard à la fois menaçant et atterré avant d'annoncer : *Sa mère s'est suicidée*. Un silence lourd s'était installé. Je m'étais fendu d'un *Oh, désolé* un peu léger au regard de l'événement, et m'étais remis à faire semblant de m'activer autour du lave-vaisselle pour ne pas m'éclipser trop soudainement. Le soir même j'avais questionné Anna, elle m'avait appris que la mère du garçon s'était suicidée un mois auparavant, on l'avait retrouvée pendue un soir au beau milieu du salon, sans un mot, sans une explication. J'avais évité de lui parler de l'épisode du Nutella, songeant à mon *Oh, désolé* que je trouvais en dessous de tout, mais que dire d'autre dans ces cas-là ? *Oh, je ne savais pas… Tu peux manger tout le Nutella que tu veux alors, tant pis, j'en rachèterai.*

En 1955, en pleine Amérique ségrégationniste, au beau milieu de l'Alabama, une femme noire nommée Claudette Colvin avait refusé de céder sa place dans le bus à un homme blanc. Tout simplement, elle avait dit non, elle avait refusé, et son geste allait constituer le battement d'ailes de papillon, montrant que l'on peut être noir et dire non, que l'on peut refuser une situation qui n'est pas juste, on ne doit pas céder sa place à un homme blanc pour la seule raison qu'on est noir, elle avait cassé une logique admise de tous. Moi aussi je peux dire non. Pourquoi est-il écrit que nous devons tous les trois mois environ prendre l'apéritif avec nos voisins, alternativement chez eux ou chez nous ? Qui l'a décrété ? Et surtout : qui a décrété cette loi immuable ? Moi aussi je dois avoir le courage de dire : non. De dire : Non, on ne les invite pas. Voilà, c'est comme ça, c'est fini. Continuer à le saluer chaleureusement quand il ramasse ses feuilles, échanger quelques mots, mais se débarrasser définitivement de l'idée que nous devons prendre un apéritif ensemble, tuer le concept par un simple refus. Et si d'aventure, inquiet et perdu, il finit par m'aborder pour me dire : *Ça vous dirait de venir prendre l'apéritif ?* (car, acculés, ils n'auraient d'autre choix que de rompre le pacte des invitations alternées et prendre l'initiative d'une nouvelle invitation chez eux, pour reprendre la main), alors, là, comme Claudette Colvin, avoir le courage de lui dire simplement : *Non. Je suis désolé, c'est fini, il faut tourner la page, laisser tomber les vieux schémas, aller de l'avant, les temps changent, on ne peut pas éternellement reproduire les mêmes erreurs*, même s'il insiste, même s'il ne comprend pas, comme moi dans la cabine téléphonique au moment où Hélène me quitte, prendre le temps, sans grésillements, patiemment, diplomatiquement. Comment ça, c'est fini ? — Ne rendez pas les choses plus difficiles qu'elles le sont monsieur Boyer, c'était bien nous quatre, j'ai passé de merveilleux moments, ces apéritifs, le whisky, nos discussions sur les comparatifs d'assurances, je garderai ce souvenir au cœur comme un trésor enfoui, mais il y a un temps pour tout, il faut avancer, il faut qu'on s'épanouisse chacun de notre côté, vous devez prendre votre indépendance, et nous aussi, songez un instant à Claudette Colvin, je suis sûr que vous retrouverez d'autres voisins avec une clôture pas aux normes. *Fight for your rights.*

Pfff à quoi ça va nous servir ça plus tard ? Sérieux... Sa tête toujours entre ses mains, il n'a pas bougé d'un pouce. Tu as raison Tristan, à l'avenir il y a peu de chances que tu utilises les identités remarquables dans ton quotidien, il y a peu de chances que, soudainement, dans une situation d'extrême urgence, tu fendes la foule en disant *Laissez-moi passer, laissez-moi faire, j'ai fait ça en troisième, si on factorise l'expression ça devrait aller*, mais tu sais, rien ne sert à rien, ni ça ni rien d'autre, tu veux que je te dise à quoi servent les identités remarquables ? Elles sont là pour donner à un père l'occasion de parler avec son fils, de parler d'autre chose que d'un dessin de levrette, tant qu'on parle d'identités remarquables on n'aborde pas les vrais sujets, tu devrais remercier les identités remarquables au lieu de les blâmer (tu te souviens de cette blague que je t'avais racontée, enfant, et qui t'avait tellement fait rire, *Pourquoi les livres de maths sont toujours déprimés ? – Parce qu'ils ont des problèmes*, je devrais la retenter aujourd'hui, mais non, bien sûr que non, hurlement de loup dans un tunnel), voilà en quoi elles sont remarquables ces identités, voilà pourquoi on les a baptisées ainsi, tu es aussi peu doué pour factoriser que pour dessiner des levrettes et, étrangement, ça me bouleverse. Je ferais un piètre professeur de maths à être bouleversé par une factorisation aussi ratée qu'un dessin de levrette. Tristan me dit *Bon alors je mets quoi là, je mets x ?* et je réalise que j'ai perdu le fil, le fil des x et le fil de manière générale, oui voilà, mets x, ici ou ailleurs hein, c'est pas ça qui va changer grand-chose.

Quand Tristan était petit, avant sa passion déclarée pour le dessin anatomique, il adorait que je lui lise le soir des contes des *Mille et Une Nuits*. Il était fasciné par le génie de la lampe dans Aladin, mais une question le taraudait : pourquoi ne pouvait-il exaucer que trois vœux ? Comment un génie aussi puissant pouvait-il être aussi limité en nombre ? Et je ne savais pas trop quoi répondre à ça, son questionnement était pertinent. Un peu comme Superman qui dirait, *Désolé les gars, OK je vole, mais je ne peux pas voler à plus de sept kilomètres heure. Aladin et la lampe merveilleuse* ne figurait pas dans les premiers manuscrits des *Mille et Une Nuits*, le conte n'y a été ajouté que plus tard au dix-huitième siècle, et il me semble avoir lu que dans le texte d'origine, le nombre de vœux que le génie pouvait exaucer était illimité. À quel moment a été introduit ce concept de limitation à trois vœux ? Pour ajouter une forme de tension dramaturgique à l'intrigue ? Car, sinon, quel intérêt narratif peut-il y avoir à une histoire où tout est possible ? Quel serait l'intérêt dramatique de *Superman* sans l'existence de la kryptonite ? Notre-Dame d'Espérance est-elle, elle aussi, limitée en nombre de vœux ? Cette question m'apparaît là, tout juste après avoir formulé le mien, le troisième (après *Faites que Yanis la re-aime* et *Faites que Lisa soit borgne*), soit déjà trop tard. Et je suis submergé par une mauvaise conscience complètement irrationnelle : je viens peut-être de griller mon quota de vœux à des fins personnelles, égoïstement, en père indigne. Si demain Jade m'annonce : Papa, voilà, j'ai bien réfléchi, j'ai décidé d'oublier Yanis, j'ai compris que tout ça ne valait pas la peine et que c'était la meilleure chose à faire, ça ne va pas être facile, je vais avoir besoin d'aide, est-ce que tu peux aller allumer un cierge pour m'aider à y parvenir ? — Ah, alors c'est ballot parce que figure-toi que j'ai épuisé le forfait Espérance, j'ai utilisé le troisième et dernier vœu, rien de primordial hein, j'ai juste prié pour que Mel s'intéresse à moi. Bon courage pour Yanis, je suis sûr que tu vas très bien t'en sortir toute seule.

La vieille dame est toujours là, exactement à la même place, immobile, et je commence à me demander s'il s'agit d'une vraie dame ou si l'Église, devant la catastrophique désertion de ses ouailles, ne place pas des mannequins de cire pour sauver la face. À moins que ce ne soit à des fins de démonstration, comme les mannequins dans les vitrines de boutiques de vêtements : voilà ce qu'il est possible de faire dans une église. Suggestion de présentation. Je suis tenté d'aller la toucher du bout de mon index comme les seins de Béatrice pour en vérifier la texture. Je reste un instant face à Notre-Dame d'Espérance. En sortant de l'église, je suis perturbé, comme si je venais de m'adonner à un acte moralement répréhensible.

Alors que je rentre, Anna m'annonce, comme ça, d'un ton léger, comme une phrase qui ne fait que passer, *Ah au fait j'ai croisé madame Boyer tout à l'heure, je les ai invités le 12*. Et le sol se dérobe sous mes pieds. *C'est pas vrai, tu as pas fait ça ? — Comment ça j'ai pas fait ça ?* Des jours et des jours d'évitement chirurgical, de techniques de camouflage dignes de ninjas ancestraux, une lâcheté érigée en art pour éluder cette invitation, tout ça pour en arriver là, à être trahi par un membre de son propre camp ? Après le paddle sympa comme tout, l'invitation des voisins, deux trahisons en moins d'une semaine, et je ne sais plus où j'ai lu que César avait reçu vingt-trois coups de poignard, après tout j'ai de la marge. Et je trouve troublant qu'elle m'annonce ça juste au moment où je reviens de mon troisième vœu. Peut-être est-ce une punition divine, peut-être Notre-Dame d'Espérance me fait-elle comprendre par là : je n'aime pas trop que tu utilises tes vœux à des fins personnelles, et en guise de *Pater noster* à réciter, on me colle, moi, un apéritif. Je bous intérieurement, je tourne en rond dans le salon, finis par me poster face à elle, *Tu aurais pas pu me demander avant ?* Ce à quoi elle me répond *Tu ferais mieux de parler à Tristan*. Et je reste bouche bée face à un tel hors-pistes. Quel rapport ? Le rapport c'est que visiblement j'ai un problème de communication. Voilà ce qu'elle me répond. Je me sens comme Superman, mais Superman qui vivrait dans une ville en kryptonite, entouré d'une famille en kryptonite, de proches en kryptonite, un lieu de travail en kryptonite, recevant par la poste des enveloppes en kryptonite.

Elle m'invite à m'asseoir face à elle, de part et d'autre du même bureau que la fois précédente et j'y vois aussitôt un rituel, un embryon de construction. *Vous vouliez me voir à quel sujet?* Subitement je suis pris d'un trac incontrôlable, comme l'impression de passer un oral, comme François et l'éléphant de Louis XIV et cette comparaison me déprime un quart de seconde. Je me souviens de David Lemoine qui, avant l'épreuve du bac français, m'avait donné ce conseil de haute volée : *Tu t'en fous, quel que soit le texte, le plus important c'est de placer à un moment* la fuite du temps *et* l'exaltation des sentiments *et le prof est content, tu t'en tires avec la moyenne.* Il avait obtenu 6 et en avait conclu que c'était parce que le prof n'était pas d'accord avec lui. Je voulais vous voir à quel sujet ? Eh bien voilà, il m'arrive quelque chose d'assez étrange, figurez-vous que depuis quelque temps tout me semble lourd et pesant et oppressant et étouffant, cette impression de subir, subir en permanence, subir absolument tout, sans rien maîtriser, n'avoir de prise sur rien, cette sensation de ne rien décider, de passer à côté de tout, surtout depuis l'enveloppe, mais je vais vous épargner cette histoire, et voilà que la seule chose douce dans ma vie en ce moment c'est vous, penser à vous m'allège, revoir votre visage m'extrait de la pesanteur, c'est dingue non ? Vous expliquez ça comment ? Alors je n'attends rien, je ne souhaite rien, je n'ai ni plan ni projet, aucune perspective vous concernant, je ne sais pas quoi faire de ça, probablement rien, je me contente de garder cette sensation fragile au chaud comme un petit oiseau tombé du nid, ne pas trop le brusquer, je voulais vous voir à quel sujet ? Je ne sais pas exactement, j'ai pris rendez-vous sous un prétexte qu'on pourrait qualifier d'inexistant, je crois qu'on peut le dire, juste pour avoir l'occasion de me trouver face à vous un petit moment, avouez que c'est léger comme sujet non ?

Elle attend que je réponde. Je dois répondre. Je réponds. *Eh bien voilà, c'était pour faire un point sur le suivi de Tristan. J'ai donc pris rendez-vous avec un psychologue chez qui il va aller tous les mercredis, monsieur Angeli, on ne m'en a dit que du bien, on va voir comment ça évolue, on avisera la fréquence à mesure en fonction des premiers résultats, mais j'ai bon espoir que tout ça ne soit très vite qu'un mauvais souvenir. On parle beau-*

coup vous savez, il a pris conscience de pas mal de choses avec ce dessin (et là je me mords les lèvres d'avoir prononcé le mot *dessin* qui était tabou), *il est suffisamment intelligent pour se rendre compte de sa bêtise.* Elle ne semble pas avoir relevé le mot *dessin*, ou alors elle n'en montre rien. *Écoutez, très bien, je crois que tout ça va dans le bon sens... Mais ne l'embêtez pas trop non plus avec cette histoire hein... — Non non, je crois que ça lui fait du bien à lui aussi — Bon très bien.* Et là, plus rien, voilà, on n'a plus rien à se dire, la discussion a été pliée en cinq minutes, tout ça pour ça, j'aurais dû prévoir quelque chose de plus consistant, je croyais pouvoir broder à partir d'un maigre canevas, c'était surestimer mes dons d'improvisation somme toute assez limités – *Ah et sinon il y a aussi la fuite du temps et l'exaltation des sentiments.* Et je me demande si j'ai le droit de faire dévier la discussion de Tristan, si je peux tenter une légère sortie de route, rien de bien méchant, mais ouvrir quelque peu la fenêtre de cette salle, prendre l'air, sortir du cadre étriqué de la relation parent-professeur. *Et sinon pas trop dur ? Vous faites un métier admirable, vous en avez du courage, quand on voit votre salaire et le peu de moyens dont vous disposez au regard de la tâche à accomplir, le ministre se moque de vous*, quelque chose dans ce genre qui permettrait de lentement glisser vers de l'intime. Mais le temps que je me décide, elle lâche : *Bien*, un *bien* de conclusion, doux mais ferme, et me tend la main comme un point final. Pressé par sa main tendue, dans la panique, comme on met un pied dans la porte qui se ferme, je lui dis : *Le ministre se moque de vous*. Je ne dis que la dernière phrase de mon raisonnement, dans un débit hâtif et d'une voix bien trop forte qui résonne dans la salle de classe, comme si j'avais soudain d'importantes révélations à lui faire concernant le ministre de l'Éducation, comme si j'étais en possession d'informations sur les effectifs dont personne n'a connaissance, et ma phrase sans son cheminement est purement incompréhensible. Elle me regarde un instant en silence puis se fend d'un *Oui* bienveillant, un *oui* pire que tout, ce *oui* qui finit de fermer la porte, ce *oui* qu'on adresse à un enfant qu'on comprend mal, ou à un déficient, pour lui signifier : Je te comprends, je comprends ce que tu dis, tu n'es pas différent, toi et moi formons un grand tout appelé Humanité. Je me retrouve dans la rue comme un boxeur sonné et David Lemoine m'a battu à plates coutures, si je m'en tire avec un 4 on sera bien – avec les points de présentation.

Outre le rituel du whisky et les discussions aussi longues que translucides, si je rechigne tant à aller chez nos voisins, c'est aussi pour une tout autre raison, plus insidieuse. Leurs deux enfants ont quitté la maison il y a bien longtemps et tout ici témoigne de leur présence, ils habitent ce lieu comme des fantômes un vieux manoir écossais, leur âme transpire de chaque centimètre carré, des photos, des objets, des discussions, et nous avons droit à chaque apéritif aux mêmes présentations que nous n'osons écourter d'un *Oui non mais vous nous l'avez déjà dit ça*, et mille fois nous avons été surpris d'apprendre que Philippe, leur fils, est ingénieur à Airbus et leur fille, Stéphanie, en mission dans les pays arabes, nous n'avons jamais su exactement ce qui se cachait derrière ce terme aussi vague que mystérieux, *mission*, peut-être ne le savent-ils pas eux-mêmes, mais ils prononcent ce mot, *mission*, avec une fierté non dissimulée de la même manière qu'ils diraient Prix Nobel (et me revient toujours cette célèbre blague de la mère juive qui crie sur la plage *Au secours mon fils avocat se noie !*), même si le *mission* me semble aussi vaste et abstrait et énigmatique que le *situation* de monsieur Harouna, le médium-voyant-marabout, si ample qu'on pourrait y faire entrer à peu près n'importe quoi, de l'humanitaire, du bizness, de la coiffure, quand bien même le terme nous semble obscur, ni Anna ni moi n'avons jamais demandé de précisions quant à la mission en question, sentant que nous sèmerions la graine d'un exposé long, imprécis et terriblement ennuyeux. Et si je rechigne, c'est que j'y vois la projection de ce que nous pourrions très bien devenir, Anna et moi, une fois que Tristan et Jade seront partis de la maison. J'y pense de plus en plus souvent, surtout cette année, Jade va passer son bac en juin et si tout va bien elle va prendre son envol, nous allons passer de quatre à trois, puis de trois à deux, et quel deux deviendrons-nous alors ? À nouveau un couple ? Des parents amputés de membres comme ces gens qui ont perdu une main mais la sentent encore et vivent encore comme si elle se trouvait là ? Des colocataires ? Ou bien passerons-nous naturellement de deux à un dans une suite arithmétique logique et implacable ? Il m'arrive d'espérer secrètement que Jade rate son bac pour obtenir un an de sursis, mais elle est plutôt brillante, et plus personne ne rate son bac de nos jours, à moins de déployer pour ce faire une énergie surhumaine sinon suicidaire. Je songe un instant à demander cette faveur à Notre-Dame d'Espérance, *Je vous en supplie, faites que Jade rate son bac*, mais la culpabilité qui me taraude déjà à la simple perspective d'une Lisa borgne serait décuplée, centuplée, sans parler de la honte que j'éprouverais en le formulant, je suis certain que Notre-Dame quitterait un instant son enfant des yeux pour lever vers moi un regard outré, quand bien même elle a dû en voir d'autres.

Nous aussi un jour nous montrerons des photos de nos enfants aux gens qui passeront prendre l'apéritif, nous aussi les prendrons en otages parce que ce sera pour nous la seule occasion d'oraliser une profonde blessure, et nous leur ferons visiter notre passé comme on fait visiter un musée, le musée du Paradis perdu. À votre gauche une photo de nous quatre à Gênes en train de faire un concours d'imitation de Robert De Niro. Ici une photo de nous à dos de dromadaires à Merzouga, ah ah tu te souviens, tu avais failli vomir sur le Touareg. Là, au camping en Corse, ah, à ce propos, nous avons une anecdote sur le couple d'Allemands qui occupait la tente à côté de la nôtre, asseyez-vous, ça va être long, hésitant, bourré d'informations contradictoires et dépourvu du moindre intérêt, vous allez voir. Ensuite nous vous laisserons apprécier quelques instants le mélange de sérénité et d'insouciance qui se dégage de ces photos. Aaah ça, ils ont réussi nos enfants, ça on peut dire qu'ils ont réussi, Jade est en mission au Kazakhstan et Tristan est devenu un célèbre réalisateur de films pornographiques (*Levrettes remarquables*, ça vous parle ?). Nous allons maintenant passer dans leurs chambres, désespérément vides et pourtant tellement habitées, tellement chargées de leur présence, partout, dans le moindre recoin, le moindre bibelot, si vous voulez bien nous suivre, n'hésitez pas à poser des questions. Comment en vouloir aux Boyer ? Et en même temps comment le supporter ? Nous vivons à quelques mètres de notre futur et à vrai dire personne n'a réellement envie d'avoir son futur pour voisin.

Jusqu'alors je me rendais au bureau sans élan ni passion, comme on suit un parcours fléché dans un magasin d'ameublement, sans envie mais sans excessive appréhension non plus, comme on s'habitue à la vue de son vieux chien paralytique dans un coin du salon. On admet la situation avec résignation, sans combat ni résistance : voilà, c'est comme ça, c'est la vie, il faut en passer par là, c'est mon travail, c'est ma fonction, chacun en a une, j'y vais, point. Mais depuis le texto, la perspective de croiser Verdier me loge une boule dans le fond du ventre comme quand je me rendais à mes partiels de fac, et durant tout le trajet qui me menait de la cité universitaire à la faculté, cette phrase tournait en boucle : pourquoi s'infliger ça ? J'ai encore dans le nez l'odeur spécifique des quartiers que je traversais pour m'y rendre et n'étaient-ce pas des acacias quand j'y pense ? Cette fichue fleur aura décidément été là dans les moments les plus sombres de ma vie et m'accompagnera jusqu'à mon dernier souffle, tout autour de mon épitaphe (*C'était parfait*, donc) se dresseront des acacias par bouquets entiers, *Il adorait ça, les acacias, les acacias et Depeche Mode*, alors on passerait un morceau de Depeche Mode dans l'église, mon blouson en jean posé sur mon cercueil. Mourir comme on a vécu, dans le quiproquo. La mort la plus ratée de l'histoire des morts. Et pour la première fois je reste un moment dans ma voiture avant d'y aller. Je ne suis même pas à Buenos Aires attablé avec mes amis, non, je suis juste là, sur mon siège, pleinement, pleinement et vide. Parfois je suis sauvé de la suffocation par des élans de lucidité : mais non, décidément, mon interprétation est vraiment tirée par les cheveux, qui traduirait *Pas mal l'enveloppe colorectale* par *Quel beau cul* ? C'est complètement irrationnel. Et dans ces moments-là, je reprends mon souffle, je reprends goût à la vie, je vois la lumière, c'est tout juste si je ne me mets pas à rire, moquant mon esprit tordu. Mais le répit ne dure jamais très longtemps car, même détaché de toute interprétation fantaisiste, on n'envoie pas à son supérieur *Pas mal l'enveloppe colorectale*, ça ne se fait pas.

Rien ne ressemble jamais à ce qu'on avait espéré, rien ne se passe jamais comme on l'avait prévu, le résultat est toujours à des années-lumière de ce qu'on avait projeté, nous sommes tous dans une comédie musicale de spectacle de fin d'année, dans un *Broadway* un peu raté, un peu bancal, on se rêvait brillants, scintillants, emportés, et on se roule les uns sur les autres, et nos coudes dans nos bouches et nos cuisses entremêlées et nos diadèmes qui tombent sur nos yeux, et on s'extrait de son corps, on se regarde, impuissants et résignés, et on se dit : *C'est donc ça la réalité.* Tout est foireux par essence, mais on continue de se persuader qu'atteindre son but est la règle et non l'exception.

Chez mon oncle Charles, dans un coin du salon, trônait un socle massif, la sculpture en fer forgé d'un homme nu à l'exception d'un pagne, très musclé, accroupi, tête baissée, portant sur ses épaules un plan de bois vernis sur lequel était posée la télé, une télé des années 70, imposante et austère, et je n'ai appris que bien plus tard que l'homme en question était Atlas, la télé ayant remplacé le globe terrestre. Quand il m'arrivait de regarder la télé chez mon oncle, mes yeux ne pouvaient s'empêcher de glisser régulièrement de l'écran vers le type en pagne, et j'étais pris d'une pitié animiste. Nous étions là, tranquillement avachis sur un canapé à regarder un film pendant que ce pauvre type, humble serviteur silencieux, semblait porter la télé pour notre simple confort de visionnage. Du matin au soir, son rôle était de porter la télé pour nous, tous les films que j'ai regardés chez mon oncle ont été gâchés par cette mauvaise conscience, comme incapable d'apprécier le programme que j'étais en train de regarder, mon attention constamment perturbée par ce type dessous (à chaque coup de hache de Charles Ingalls sur les rondins de bois, je sentais les épaules de l'homme en dessous tressaillir, et l'autre tout en parlant n'en finissait jamais de couper du bois, qu'allait-il faire de tout ce bois ? Pitié, arrêtez de couper du bois, ne voyez-vous pas ce que ce pauvre homme endure ?). Voilà comment je me sens depuis quelque temps : je suis l'Atlas de mon oncle Charles. Un genou à terre, portant péniblement un programme qui m'est imposé, des enfants qui dessinent des copulations, d'autres qui pleurent des amours perdues, des contrats, des dossiers, du paddle, du whisky, un cul plat, une curieuse enveloppe, des jours sans éclat, des événements que je ne contrôle ni ne choisis, et j'attends Persée comme on attend la retraite, montre-moi la tête de Méduse, pétrifie-moi, le poids sera peut-être moins lourd à porter une fois que je serai pierre, et Charles Ingalls coupe du bois sur mes épaules et les stères succèdent aux stères et à ce rythme l'Amazonie va finir par y passer et ma colonne aussi.

Jade est hilare, il lui a écrit il lui a écrit il lui a écrit, elle répète ça en boucle, il m'a écrit, et elle tend le portable vers sa mère, elle brandit le texto comme un trophée, et je trouve surprenante cette exhibition, ce manque d'intimité, mais elle est tellement exaltée excitée heureuse qu'elle a envie de le partager, le crier à la face du monde, il m'a écrit, tu entends le monde, il m'a écrit ! Et le texto dit *Tu veut bien me reprendre ?* Anna lui fait Waaaaaah, elle lui prend les mains et la regarde bras tendus comme si Jade venait de lui apprendre qu'elle était enceinte ou qu'elle allait se marier ou qu'elle avait obtenu un prêt immobilier à un taux imbattable et je suis bien forcé d'avouer que je trouve ce message magnifique moi aussi. On ne peut pas faire plus beau message pour reconquérir l'être aimé (à part peut-être se coudre DM sur le dos de la veste), ni plus touchant, ni plus bouleversant. Hormis ce *t* à la fin de *veut* qui casse tout. Quel gâchis. On est passé à ça de la perfection, un morceau de salade entre les incisives de Scarlett Johansson, du ketchup sur une toile de Soulages, et je me demande si je pourrais reprendre quelqu'un qui m'écrit *Tu veut bien me reprendre ?* Ce *t* en dit long sur sa volonté d'être repris : s'il désirait ardemment être repris, il se serait appliqué à écrire un texto sans fautes, il aurait pris le temps, il se serait relu dix fois, vingt fois, fébrile, anxieux, stressé. Un bâclage en bonne et due forme, une impasse de paresseux, le type a débarqué dans la reconquête amoureuse les mains dans les poches, en touriste, en se disant que ça passerait tranquille, *je ressent pour toi de la fuite du temps et de l'exaltation des sentiments*. Mais je ne peux décemment pas dire tout ça à Jade, l'heure n'est pas à jouer les trouble-fête dans un moment de bonheur pareil, je ne l'ai pas vue sourire depuis tant de temps que ça en est presque étouffant, et j'ai envie de lui dire *Doucement Jade, doucement, il faut passer par des paliers de décompression, sous peine de perdre connaissance, crois-en un spécialiste de l'océan*. Et elle glisse un regard vers moi, un regard tendre, qui dit : Merci pour la prière – ou alors est-ce une interprétation complètement fantaisiste, comme celle que j'ai faite du texto à Verdier, mais c'est quelque chose de cet ordre, un merci, pour la prière, pour le cierge, pour l'ensemble de mon œuvre de père, je n'en sais rien, mais c'est un regard qui dit merci et ça suffit à me toucher. J'ai soudain une révélation : Notre-Dame d'Espérance m'a entendu. Elle a exaucé mon premier vœu. Est-ce à dire qu'elle va aussi exaucer les suivants ? L'image de Lisa borgne remonte à la surface, et si l'on tient compte du délai d'application du miracle, il me reste quelques jours pour éviter le drame. Dans un film américain, le héros, appelons-le Urinor, aurait quarante-huit heures pour retrouver Lisa et empêcher qu'elle devienne borgne. Il débarquerait chez elle et essaierait de convaincre sa mère du bien-fondé de sa mission, *Madame, vous ne me connaissez pas mais vous devez m'écouter, il faut à tout prix écarter tout objet pointu de Lisa, couteau, aiguille, critérium, vous avez un aloe vera dans votre jardin ? Il faut à tout prix l'épointer, croyez-moi, je vous en supplie*, et la mère, au départ sceptique et réfractaire, finirait par s'attacher à lui (elle serait veuve) et tous deux noueraient peu à peu une relation affective, unis par le sort de Lisa. Et si Notre-Dame d'Espérance exauce vraiment tout alors inévitablement Mel va s'intéresser à moi. Il faut juste faire preuve de patience, tout est affaire de temps, tout est affaire de petite musique d'attente au bout du fil de la CPAM, et ce soir-là le repas est léger, aéré, voilà bien longtemps que cette chape n'avait pas laissé entrer un peu de lumière sur la table et je me dis : *Profite*. En même temps à quoi ça tient, à quoi tient l'équilibre,

Tu veut bien me reprendre? Avec un *t* qui plus est. Faut-il être en manque de sérénité à ce point qu'on l'accepte même mal orthographié, on a vu bonheur moins précaire, mais qu'importe l'étincelle, seul compte le feu, et dans quelques jours Mel va s'intéresser à moi (et Lisa va perdre un œil, certes, mais un grand chamboulement ne s'opère-t-il jamais sans dommages collatéraux?). Et nous sommes tous joyeux mais pas tout à fait pour la même raison, comme ces couples qui pensent à quelqu'un d'autre dans l'étreinte, et après tout est-ce si grave? L'amour finit toujours par triompher – voir conditions.

Nous sommes en terrasse, Benji et moi, au milieu de Jacobo et toute la bande, contestant un penalty litigieux de la veille en buvant café sur café (il semble évident que le défenseur de San Lorenzo de Almagro s'est jeté de tout son long sans la moindre ébauche de contact), et le petit souffle d'air chaud transporte une odeur de friture d'huile d'olive, il n'y a pas d'heure pour la friture ici, elle traverse les journées comme un fil conducteur. Nous en sommes à soupçonner une corruption de l'arbitre quand une agitation se fait sentir au bout de la rue à quelques mètres de nous. Un petit attroupement s'est formé. Nous nous levons, Benji et moi, pour voir ce qu'il en est et découvrons deux types éméchés en train d'importuner une touriste. Là, quelle n'est pas ma surprise en découvrant que la touriste en question n'est autre que Mel ! Je suis abasourdi. La probabilité qu'elle soit ici et maintenant est proche du zéro et c'est pourtant le cas. Ses deux agresseurs, Morizio et Lionelo, sont deux petites frappes qui traînent souvent dans le coin, pas des gars méchants, mais avec qui il ne faut pas hésiter à faire preuve d'un peu de fermeté. Je m'approche d'eux calmement, Benji me regarde faire, un air amusé collé au visage. L'expression de Mel en me voyant hésite entre la surprise, l'incompréhension et quelque chose que je veux interpréter comme une forme de bonheur contenu. Je me plante devant eux, détendu, ma cigarette et mon café dans la même main, et leur dis dans un espagnol volontairement débraillé *Les gars, si vous ne voulez pas finir comme le père de Vic dans* La boum, *vous feriez mieux d'aller jouer ailleurs…* (alors bien sûr ils ne comprennent pas la référence, mais à vrai dire elle est plutôt adressée à Mel). Tous deux se mettent en arrêt et me font face comme deux chiens de garde, me toisant de la tête aux pieds comme pour évaluer quelque chose sans savoir bien quoi. Leur pantalon tombe à mi-hanches, découvrant l'élastique de leur caleçon, et leur T-shirt à force de crasse s'est teinté d'une couleur indéfinie. Ils ont quoi, dix-sept, dix-huit ans à tout casser, mais en paraissent le double, le *paco*, la drogue du pauvre qui tourne ici, a déjà profondément creusé leurs traits. Après un court silence, Morizio finit par lâcher un *Tssss* accompagné d'un geste de la main dédaigneux qui semble dire On part parce qu'on a décidé de partir et non parce que tu nous l'as imposé, puis ils s'éloignent d'une démarche balancée et bravache. Je m'approche de Mel, lui serre la main (la droite) et l'invite à nous rejoindre à notre table pour boire quelque chose et se remettre de ses émotions. Je lui présente tout le monde, elle s'assoit avec nous et m'apprend qu'elle parcourt le pays sac au dos, elle fait ça un mois tous les étés, chaque fois dans un pays différent, seule, pour se retrouver, se ressourcer, pousser chaque fois plus loin la recherche de son moi profond, s'éprouver face à la solitude. Nous n'en revenons pas de nous croiser ici, au fin fond de l'Argentine, médusés de cette incroyable coïncidence, et Benji dit qu'il ne croit pas aux coïncidences, seulement aux signes, alors Mel plonge légèrement le regard vers nos cafés et je perçois un léger rosissement sur ses joues et François vient s'asseoir à côté de moi avec un air moins dépité que la veille, quand il est venu m'annoncer *J'ai fait un four avec mes éléphants, elle n'a pas ri, elle n'a pas compris pourquoi je lui parlais d'éléphants et de Louis XIV*, non, il est souriant, il a repris du poil de la bête, il a un nouveau projet : il veut l'inviter à la patinoire. Il dit *C'est féerique, une patinoire ça me fait penser aux films de Noël que je regardais pendant que mes parents préparaient le repas de réveillon*, et je trouve ça touchant, et il ajoute *Bon j'ai jamais fait de patin de ma vie mais ça a pas l'air bien compliqué*, et j'évite de lui dire que rien n'est moins féerique qu'une patinoire pour qui ne sait pas patiner, que rien n'est moins sexy que quelqu'un qui se tient à la rampe en grimaçant (sauf peut-être quelqu'un qui se tient à une rame de paddle en grimaçant), je ne le lui dis pas parce qu'au fond je crois que je l'admire, j'admire son obstination, son optimisme, et sa philosophie qui se résume à : *Tant que ce n'est pas non, c'est oui.* Ne jamais rien lâcher, ne jamais rien abandonner, tenter le tout pour le tout, les éléphants de Louis XIV, la patinoire, et si la patinoire ne fonctionne pas, on tentera le bowling, le cinéma (Vous connaissez *Under the Silver Lake*, Charlotte ? Il paraît que la scène d'ouverture est très belle), la pêche à la ligne, le Scrabble, mais ne rien lâcher tant qu'on y croit, et c'est peut-être lui qui a raison. Je lui dis : *Oui, fais ça, invite-la à la patinoire, c'est une super idée.* Et je lui presse l'épaule avec un sourire franc et après tout peut-être y a-t-il aussi une place en ce bas monde pour ceux qui se tiennent à la rampe.

Mel est face à moi, attendant que je dise quelque chose, son air est moins avenant que la fois précédente et, subitement, je ne sais pas ce que je fais là, pour un troisième rendez-vous que j'ai encore moins préparé que le deuxième, d'autant que ma motivation a sérieusement perdu en intensité en passant devant la salle des professeurs, où deux d'entre eux discutaient, café à la main, l'un plutôt bel homme, et j'ai été pris d'une forme de jalousie complètement illégitime (peut-on être jaloux d'une fille qu'on a vue trois fois à peine ?). Mel passe ses pauses d'interclasse avec cet homme, c'est la première phrase qui m'a traversé. Elle le côtoie, le regarde, l'écoute, cet homme qui ressemble à Chris Isaak, ils ont un petit rituel bien à eux, à chaque interclasse, toujours dans le même coin, un coin un peu excentré sans être suspect, il appuie nonchalamment une épaule sur le mur, face à Mel, et lui dit, sans la regarder, *C'est dingue comme les plans en damier de New York et de Barcelone sont directement inspirés de la cité ionienne de Milet du cinquième siècle avant Jésus-Christ*, et c'est probablement l'information la moins intéressante que l'on puisse donner à cette heure-ci de la journée, mais Mel prend en plein visage le souffle de son érudition comme un vent saharien et brûle de plaquer ses lèvres contre les siennes, ses lèvres de Chris Isaak, elle regarde sa bouche, devine son ventre sous son sweat gris, un ventre ferme qu'elle caresse mentalement, et répond *Oui c'est dingue*, la lumière se tamise, quelqu'un vient lui apporter une guitare, une Gretsch demi-caisse orange, et il se met à chanter *Wicked Game* et sa voix grave et chaude pénètre Mel jusque dans les moindres recoins de son corps, et l'autre type est petit, dégarni, ses yeux sont fatigués, un vrai physique de syndicaliste, j'ai dû me concentrer sur lui pour garder mon énergie intacte et éviter de faire demi-tour, ce que j'aurais peut-être dû faire finalement.

Mais j'ai trouvé un alibi solide pour justifier un nouveau rendez-vous : le compte rendu du psychologue de Tristan. La veille j'ai recopié un rapport trouvé sur Internet après avoir tapé *Psychologie des adolescents* sur Wikipédia. J'annonce ça à Mel, tente de faire abstraction de son air qui me semble perplexe, et me lance. *Lors de sa dernière séance, le psy m'a fait un petit topo, que je vous restitue, j'ai pris quelques notes, voilà :*

Avec l'entrée dans la puberté, les changements physiques, comme la maturation des organes sexuels, la poussée de croissance et la maturation du cerveau, accompagnent des changements cognitifs, affectifs et sociaux. L'adolescent développe sa – là elle me coupe, son ton se veut diplomate mais n'évite pas une certaine fermeté, *Écoutez, je ne voudrais pas être désagréable avec vous mais il faut que vous arrêtiez de prendre rendez-vous avec moi, l'affaire est close, c'est bon pour moi, tout ça est derrière, je n'ai plus rien à faire avec ça, vous n'avez pas à prendre rendez-vous avec moi à chaque bilan de son psy et surtout cessez d'embêter ce pauvre Tristan avec cette histoire, n'en parlons plus vous voulez bien ?* Je sens qu'elle tente d'adoucir son ton au fur et à mesure de sa tirade comme un jet qui perd en puissance, mais l'intention est là, inutile de se voiler la face, et il n'y aura pas toute ma vie un grésillement de téléphone pour m'aider à fuir la réalité (*Ah ah ah, haaalala ma Mel, tu me fais fondre*), je dois me rendre à l'évidence : un quatrième rendez-vous ne serait pas forcément l'idée du siècle.

Denis, c'est Anna, tu n'as pas de nouvelles d'Axel ? Il n'est pas rentré, je ne comprends pas, les voisins doivent venir prendre l'apéritif tout à l'heure, il avait prévu de rentrer tôt, je commence à me faire du souci. Ben non écoute, pas de nouvelles, tu as appelé chez sa mère ? Oui oui, pas de nouvelles non plus, et il a quitté son bureau à l'heure habituelle, c'est fou ça, oui c'est fou Anna, et ça fait longtemps que ça aurait dû l'être, mais ça y est, je revendique mon droit au retrait, ciao Biarritz, ciao Mel, ciao Verdier, ciao Boyer, je pars, prends soin de l'opéra comme disait l'autre, vous ferez sans moi, Atlas prend sa retraite, il a ses points, il l'a bien méritée, Jacobo m'attend, je m'en vais refaire le match et boire des bières et sentir le rire chaud des femmes ivres dans mon cou, lâcher la rampe, c'est pas si compliqué en fait, c'est même féerique, c'est vrai, et avaler les kilomètres comme jadis les couleuvres, et c'est le moite qui m'attend, le vibrant le vivant le chaud le suant le suintant, et je roule et je fume la vitre ouverte, la cigarette aux lèvres, et chaque bouffée me rapproche un peu plus de ce que je suis autant qu'elle m'éloigne de ce que j'ai voulu paraître et je roule sans bien savoir où je vais mais sachant parfaitement où je ne vais pas et ça suffit à me faire me sentir vivant pour la première fois depuis longtemps, la musique à fond dans les oreilles, et je retrouve cette sensation de liberté du jour où j'ai eu mon permis de conduire, où dans la vieille Renault 5 de mon grand-père j'étais parti rouler rouler rouler, quand bien même mon premier road trip avait fait quinze kilomètres, c'étaient les quinze kilomètres les plus beaux de ma vie, les quinze kilomètres de la liberté, cette sensation d'échapper à tout, retrouver ce souffle, exempt de toute amarre, de toute contrainte, sentir que tout est possible, et les panneaux défilent comme autant d'invitations à bifurquer, à prendre la tangente, sortir du bouchon, voyager léger, pisser sur les bords, voir le matin calme se lever sur les murs jaunes des quartiers, et les heures seront des espaces ouverts, crochets tournés vers l'extérieur, et tout aura la saveur des premières fois, et se laisser happer et voler des instants de rien et des rires et des soupirs et des caresses, le hold-up du siècle, et se broder sur la peau des images au kilomètre qu'on emportera partout, et le bitume brûlant sous la plante des pieds du bas du dos jusqu'à la nuque, et dans nos tempes et nos ventres et au bout de nos doigts et boire jusqu'à plus soif des liqueurs aux noms de villes décimées, voilà où je vais, voilà ce qui m'attend, le temps de trois bouffées et j'y suis, les éperons dans les flancs pour ne pas s'assoupir, là où je vais rien n'est acquis ni amassé, tout se délite, tout est passager éphémère fragile précieux, là où je vais l'incertitude est miel, et taille la route y vaya con Dios.

Accoudé à la table haute de l'aire d'autoroute, un café à la main, devant moi un enfant veut un livre de coloriage et sa mère lui répond qu'il en a déjà un, et l'enfant regarde le livre avec un désespoir déchirant, je trouve ça absurde comme réponse, on peut très bien avoir plusieurs livres de coloriage, mais la mère semble intraitable, elle lui dit qu'il doit d'abord finir le précédent et qu'on lui en achètera un autre une fois qu'il l'aura terminé, c'est comme ça, c'est la vie, il y a des règles, tu dois apprendre dès ton plus jeune âge à les respecter, non parce que ça commence par des livres de coloriage inachevés et ça se termine par des clôtures à 1,15 m et tu crois qu'on va aller jusqu'où comme ça ? Un lavage de voiture à onze heures passées ? J'ai envie de m'approcher d'elle et lui dire *Ben non, on n'est pas obligé de finir ce qu'on a commencé si on est pris d'une autre envie entre-temps non ?* Mais elle va me répondre *Vous, allez d'abord parler à Tristan et on verra ensuite*. Près d'eux, des ados visiblement en vacances en groupe jouent à s'envoyer un paquet de gâteaux (des Pépito) comme un ballon, à un moment l'un d'eux loupe sa réception et fait tomber le paquet à terre, brisant la dynamique de la chaîne, il fait mine de rien, il fait mine de c'est pas grave de pas avoir réussi à attraper un paquet de Pépito, mais une lueur traverse ses yeux et son premier réflexe est de jeter un œil furtif à la jeune fille brune frisée qui fait partie du groupe mais se tient un peu en retrait, et la fille l'a vu, elle l'a vu rater le paquet, et il s'est joué quelque chose d'important, ici et maintenant, de l'ordre du combat, de la confiance, de l'estime de soi, en ratant la réception du paquet sa vie vient de prendre une inflexion qu'il ne soupçonne pas et la mère et son enfant repartent sans qu'il ait eu gain de cause. Je m'approche du présentoir et prends le livre de coloriage, sur la couverture un petit oiseau jaune dépasse d'une demi-coquille d'œuf. Lorsque j'étais enfant, nous avions un canari à la maison, je pouvais passer des heures à le regarder s'agiter, un jour j'avais demandé à ma mère pourquoi le canari était toujours enfermé et elle m'avait répondu : *S'il sortait de sa cage, il ne resterait pas vivant bien longtemps tu sais*.

Mon portable vibre. Un message d'Anna. *Tu pourras ramener une ou deux pizzas pour l'apéritif de ce soir ?*

Des pizzas. Pas de Mais où es-tu ? Pas de Tout le monde s'inquiète pour toi. Pas de Tu laisses un vide abyssal ici tu sais. Mais des pizzas – une ou deux. Certes il est encore tôt pour s'inquiéter, mais des pizzas, non. Je crois que tu n'as pas bien compris, Anna, comment peux-tu me demander des pizzas, là, ici et maintenant, que viennent faire des pizzas dans mon périple ? Quelle est leur place ? Tu crois que l'épouse du type qui traverse l'Atlantique en solitaire lui envoie *Au fait, pense à ramener des pizzas* ? Tu crois que l'épouse du type qui est en train de battre le record du monde de saut à la perche, alors même qu'il s'apprête à passer la barre, tu crois que son épouse d'en bas lui crie *Pense à ramener des pizzas* ? Et de quel apéritif me parles-tu Anna, il n'y a plus d'apéritif, fini les apéritifs, je suis porté, porté par le vent, libre, tu comprends, libre, je ne subirai plus, plus jamais, c'est fini. Mon portable dans ma main, sous mes doigts, le groupe d'ados sort de la station et tout le temps du trajet en car, pendant que les autres chahuteront, lui ne sera taraudé que par une seule et unique pensée, putain mais qu'est-ce qui m'a pris de rater ce paquet de Pépito, c'était pas compliqué bordel, ça s'est joué à rien.

Des pizzas à quoi ?

J'étais animé d'un optimisme délirant en m'imaginant dériver au large, en marche arrière jusqu'à la ligne d'horizon, cette projection relève aujourd'hui de l'exploit de haut niveau tant il faudrait déjà que j'arrive à tenir debout sur mon paddle plus de deux secondes. J'ai toujours détesté la plage, je n'ai que des souvenirs traumatisants liés à la plage, des sensations de bruit, d'odeurs, d'impudeur, de sable jusque dans les pores, de complexes physiques exacerbés par la quasi-nudité, cette sensation étouffante que toute la plage ne regardait que moi et mes complexes en se chuchotant *Mon Dieu que cet adolescent est disgracieux et pataud, tout à fait le genre qui plus tard sautera déphasé dans des karaokés.* Même adulte, j'ai détesté. La dernière fois que nous y étions allés en famille, Tristan avait six ans, il avait fait la connaissance d'une petite Suédoise de son âge, ils jouaient tranquillement sur le sable lorsque soudain la petite Suédoise lui avait pris l'un de ses Playmobil et était allée le jeter dans l'eau, comme ça, sans raison, et Tristan s'était précipité en pleurant vers sa mère et moi, j'ai encore l'image, c'était d'une tristesse infinie, et nous nous étions affairés à chercher son Playmobil dans l'eau, Tristan, moi et la petite Suédoise animée d'une culpabilité légitime. Me retrouvant à un moment à côté d'elle, alors qu'elle était penchée en avant scrutant à travers la surface, je lui avais discrètement enfoncé la tête sous l'eau, un quart de seconde, c'était mesquin, gratuit, potentiellement dangereux, mais ça m'avait procuré une satisfaction libératrice, durant un instant j'avais ressenti cette sorte de jouissance coupable que peut éprouver le personnage d'Alain Delon dans *La piscine*. Elle s'était précipitée vers ses parents en larmes, comme l'avait fait Tristan quelques minutes avant, et je guettais innocemment leur réaction avec une vague appréhension, mais les parents n'avaient pas bronché, soit elle n'avait pas osé dire les raisons de ses pleurs, soit les Suédois sont plutôt dans une culture d'évitement du conflit, soit son récit n'était pas crédible une seule seconde (quel adulte s'amuserait à enfoncer la tête d'une enfant de six ans sous l'eau ? Allons Sgrünta, n'importe quoi !). J'ai longtemps regretté ce geste puéril, il ne me ressemblait pas, la mauvaise conscience m'avait taraudé un moment, il faut croire que durant un quart de seconde le vieux loup avait retrouvé son instinct de protection de meute et voilà qu'aujourd'hui le dieu nordique de la mer se vengeait en m'empêchant de grimper sur mon paddle, ayant décrété que le jour où je reviendrais il me ferait payer mon geste. Lâche-moi, Njörd, il y a prescription, occupe-toi plutôt de savoir ce qu'est devenue la petite peste suédoise, après les Playmobil des garçons, je suis sûr qu'elle jette leur cœur dans la mer avec la même indifférence et la même expression glaciale, laisse-moi grimper sur ce maudit paddle et qu'on en finisse. Et j'ai du mal à tenir sur ce truc comme j'ai du mal à tenir sur la vie et je repense au jeune skateur devant l'église et après tout ça peut très bien passer pour une figure de style : non je ne m'en sors pas, oui je subis, mais c'est voulu, c'est l'effet recherché, c'est un parti pris artistique, c'est du free loose, une figure très en vogue aux States qui consiste à essayer de grimper sur son paddle sans succès en multipliant les positions les plus humiliantes possible, faut sortir les gars. Je m'y reprends à plusieurs fois, je m'acharne comme ma petite Asiatique sur son téléphone, armé d'une croyance aveugle, je dois y arriver, c'est une question de survie, pas tant pour être debout sur le paddle (car je sais que là commenceront les vrais problèmes) que pour ne pas rester dans l'eau, debout, l'eau à mi-ventre, bêtement, écourter ce moment sans grâce ni perspectives. Et au fur et à mesure de mes essais répétés, les gens autour de moi commencent à s'intéresser à mon combat, ils ont mis leurs activités en suspens pour m'encourager, d'abord timidement, puis de manière plus appuyée et la situation devient de plus en plus gênante et oppressante, et une sorte de cercle informe commence à se dessiner autour de moi. Lors du bal du 14-Juillet où j'avais rencontré Sandrine Cazes, au bord de la piste de danse, se trouvait un nain, un nain qui dansait tranquillement dans son coin sans rien demander à personne. Peu à peu, des gens sur la piste l'avaient remarqué et s'étaient mis à danser face à lui, l'encourageant d'un sourire bienveillant. Progressivement, entraîné par les gens un peu malgré lui, il s'était retrouvé au milieu de la piste, au centre d'un cercle qui le sur-intégrait, et tous autour de lui tapaient dans leurs mains dans sa direction, signifiant par là *Mais oui, tu es comme nous ! Tu danses comme nous ! Tu es tout à fait normal ! Venez on l'applaudit tellement il est tout à fait comme nous !!* Voilà. Voilà dans quelle situation je me trouve, le nain du 14-Juillet, et j'ai envie de leur dire *Non mais laissez-moi tranquille, faites comme si je n'étais pas là, reprenez vos activités*, mais je ne peux plus abandonner, pas sous ces regards qui placent tant d'espoir en moi, je ne peux plus reculer face à l'attente. Des voix commencent à percer, des petits mots tout d'abord, puis qui montent en puissance, des *Allez*, des *Tu y es presque*, des *Vas-y*, et j'ai la désagréable sensation de me livrer à un coït en public, j'entends même un *Allez mon gaaaaars*, avec le *a* qui grimpe progressivement dans les aigus comme sur les bords de route de province au passage du Tour de France. Ma jambe gauche est engagée sur le paddle, je pousse le fond du sable avec la droite, mon coude gauche en appui sur la planche, la moitié de ma hanche commence à investir la surface, puis ma hanche tout entière, puis ma jambe droite et me voilà à plat ventre, et je me redresse lentement, très lentement, concentré et attentif au moindre de mes mouvements, pleinement conscient de chacun de mes membres, articulations, points d'appui, centres nerveux, synapses, à cet instant j'incarne chaque molécule de mon corps, je suis en étroite relation avec chacune d'elles, et voilà. J'y suis. Je suis debout sur le paddle. S'élève alors une clameur comme un sirocco brûlant, une explosion de joie, et tous les gens autour de moi m'applaudissent, m'envoient des clins d'œil et des pouces levés, c'est tout juste s'ils ne s'étreignent pas, les larmes aux yeux, pleins d'une fierté patriotique, et peut-être allons-nous descendre les Champs-Élysées avec des drapeaux tricolores, et l'onde se propage jusque sur la plage où des gens me prennent en photo avec leur portable, c'est un véritable raz de marée, un triomphe, une apothéose, moi debout sur mon paddle, et les feux de Broadway illuminent mon visage radieux sous un ciel bleu Juan-les-Pins.

DU MÊME AUTEUR

Romans

FIGUREC, Gallimard, 2006.

LE DISCOURS, Gallimard, 2018.

Bandes dessinées

LE STEAK HACHÉ DE DAMOCLÈS, La Cafetière, 2005.

TALIJANSKA, La Cafetière, 2006.

DROIT DANS LE MÛR, La Cafetière, 2007.

LA BREDOUTE, 6 pieds sous terre, 2007.

FIGUREC, avec Christian de Metter, Casterman, 2007 (adaptation du roman paru en 2006).

LIKE A STEAK MACHINE, La Cafetière, 2009.

LA CLÔTURE, 6 pieds sous terre, 2009.

JEAN-LOUIS (ET SON ENCYCLOPÉDIE), Drugstore, 2009.

STEVE LUMOUR. L'ART DE LA WINNE, Le Lombard, 2011.

– 20% SUR L'ESPRIT DE LA FORÊT, 6 pieds sous terre, 2011.

L'INFINIMENT MOYEN, Même pas mal, 2011.

AMOUR, PASSION & CX DIESEL, avec James et BenGrrr, Fluide Glacial - Audie (3 volumes, 2011, 2012, 2014).

L'ALBUM DE L'ANNÉE, La Cafetière, 2011.

ON N'EST PAS LÀ POUR RÉUSSIR, La Cafetière, 2012.

Z COMME DON DIEGO, avec Fabrice Erre et Sandrine Greff, Dargaud (2 volumes, 2012).

JOURS DE GLOIRE, AlterComics, 2013.

CARNET DU PÉROU. SUR LA ROUTE DE CUZCO, 6 pieds sous terre, 2013.

MARS !, avec Fabrice Erre, Audie, 2014.

PARAPLÉJACK, La Cafetière, 2014.

LES IMPÉTUEUSES TRIBULATIONS D'ACHILLE TALON, avec Serge Carrère et Mel, Dargaud (3 volumes, 2014, 2015, 2016).

TALK SHOW, Vide Cocagne, 2015.

ZAÏ ZAÏ ZAÏ ZAÏ, 6 pieds sous terre, 2015.

STEAK IT EASY, La Cafetière, 2016.

PAUSE, La Cafetière, 2017.

ET SI L'AMOUR C'ÉTAIT AIMER, 6 pieds sous terre, 2017.

CONVERSATIONS, avec Jorge Bernstein, Éditions Rouquemoute, 2018.

MOINS QU'HIER (PLUS QUE DEMAIN), Glénat, 2018.

EN ATTENDANT, avec Gilles Rochier, 6 pieds sous terre, 2018.

FORMICA, 6 pieds sous terre, 2019.

OPEN BAR, Delcourt (2 tomes, 2019, 2020).

WALTER APPLEDUCK, avec Fabrice Erre, Dupuis (2 tomes, 2019, 2020).

HEY JUNE, avec Ève Marie, Delcourt, 2020.

DANS LA MÊME COLLECTION

LE DISCOURS, Fabrice Caro, 2018.

LE JOUR OÙ LA DURANCE, Marion Muller-Colard, 2018.

APRÈS CONSTANTINOPLE, Sophie Van der Linden, 2019.

LA DISSONANTE, Clément Rossi, 2019.

WANTED LOUISE, Marion Muller-Colard, 2020.

FIN DE SAISON, Thomas Vinau, à paraître en 2020.

MIKE, Emmanuel Guibert, à paraître en 2021.

Éditorial : Gaëlle Flament
Direction artistique : Anne Lagarrigue
Graphisme : Pascal Guédin

Ouvrage composé en Mencken (Typofonderie) et Replica (Lineto)
par IGS-CP à L'Isle-d'Espagnac (16).
Achevé d'imprimer sur Roto-Page
par l'Imprimerie Floch à Mayenne,
en octobre 2020.
Dépôt légal : octobre 2020
1er dépôt légal : juin 2020
Numéro d'imprimeur : 97013

ISBN : 978-2-07-290721-0/Imprimé en France

377280